KB072652

리턴마스터

리턴 마스터 6

류승현 장편소설

초판 1쇄 찍은 날 § 2017년 12월 15일
초판 1쇄 펴낸 날 § 2017년 12월 22일

지은이 § 류승현
펴낸이 § 서경석

총괄팀장 § 최하나
편집책임 § 이지연
디자인 § 신현아

펴낸곳 § 도서출판 청어람
등록번호 § 제387-1999-000006호
등록일자 § 1999. 5. 31
어람번호 § 제1-2813호

주소 § 경기도 부천시 원미구 부일로 483번길 40 서경B/D 3F (우) 14640
전화 § 032-656-4452 팩스 § 032-656-4453
http://www.chungeoram.com
E-mail § chungeorambook@daum.net

ISBN 979-11-04-91576-5 04810
ISBN 979-11-04-91429-4 (세트)

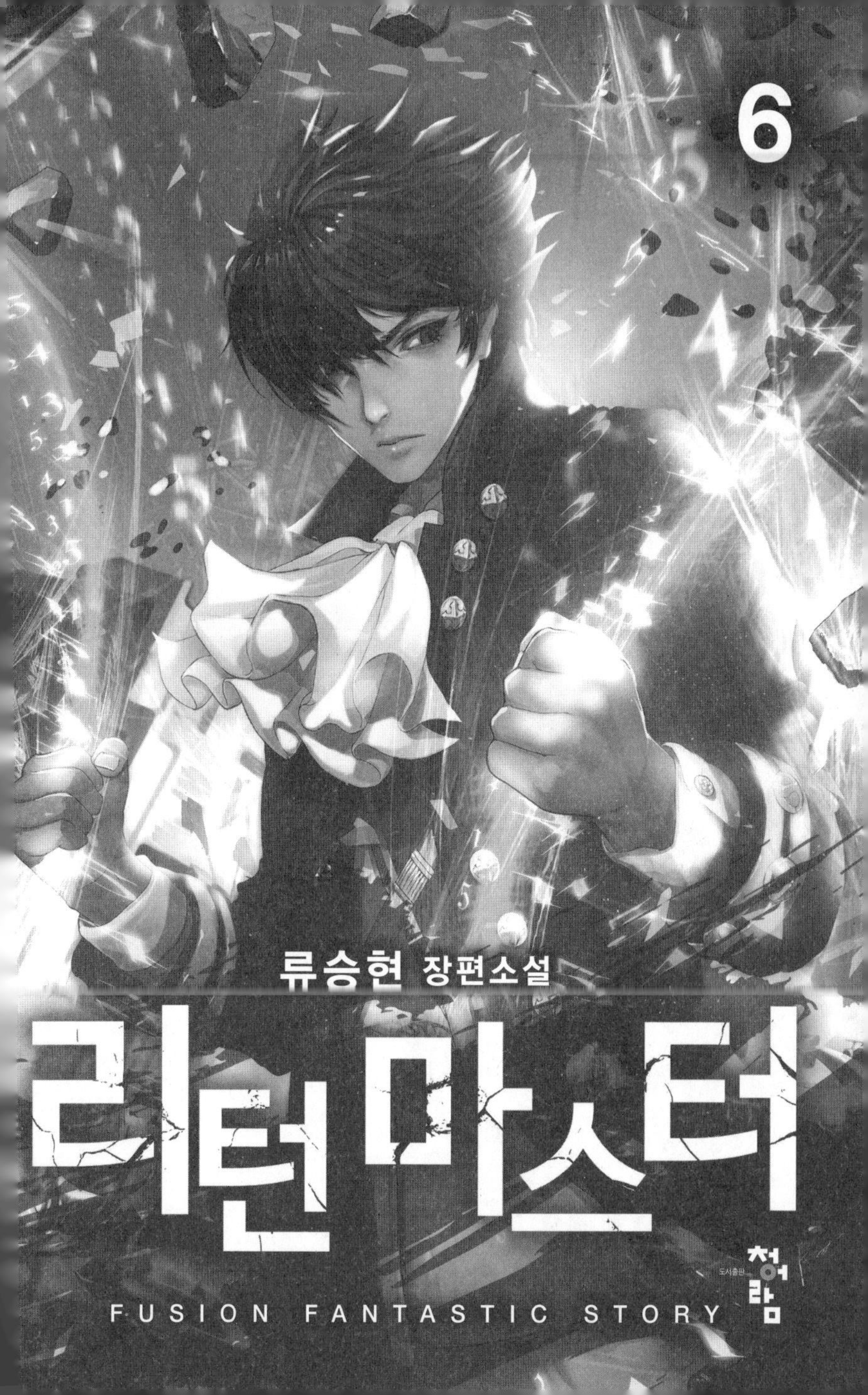
6
류승현 장편소설
리턴 마스터
도서출판 청어람
FUSION FANTASTIC STORY

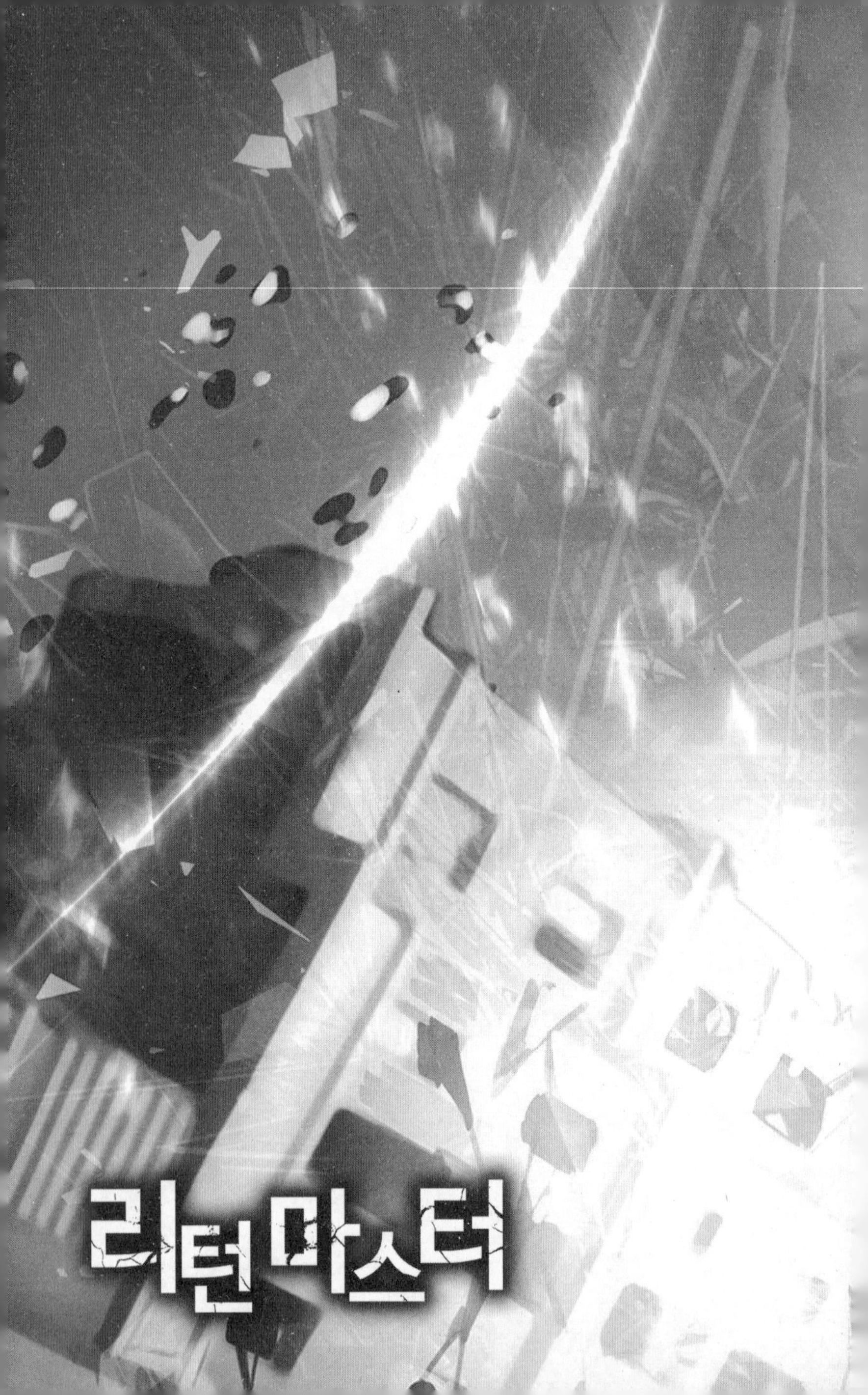
리턴 마스터

Contents

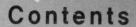

• 51장 •
아르마스의 대신전

불의 정령왕의 힘은 엄청났다.

오러를 발동시키지도 않았는데, 대부분의 기본 스탯이 최대치보다 50% 정도 더 높아졌다.

그것만으로도 지난 몇 달 간의 고생이 눈 녹듯 사라졌다.

아쉬운 점이 있다면 지속 시간이 약 20분이라는 것 정도일까?

그 밖에도 자잘한 변화가 있었지만, 눈에 띄는 건 역시 퀘스트였다.

'시공간의 주머니가 대체 뭐지?'

당장 주변에 있는 모든 사람에게 물어봤지만 아무도 알지 못했다.

어쨌든 정령왕의 힘을 얻는 퀘스트는 해결됐다. 나는 곧바로 순간 이동 게이트를 통해 슈라인이라는 도시로 건너간 다음, 그곳에 있는 중급 각인당에 들러 돈으로 받을 수 있는 마지막 각인을 부여받았다.

각인: 감정(중급)

나는 곧바로 퀘스트의 성공 보상을 통해 감정의 각인을 상급으로 높였다.

각인: 감정(상급)

그다음, 스텟창에 표시된 '감정(상급)'이란 단어에 의식을 집중했다.

[감정(상급) ─ 목표의 현재 상태를 확인할 수 있다. 대상이 생물일 경우 사용자에 대한 감정과 최근의 변화까지 확인 가능하다. 30퍼센트 이상의 감정만 표시된다.]

'설명이 미흡한데……'

나는 함께 따라온 시아에게 곧바로 상급 감정을 사용했다.

[엘프 여자. 295세. 현재 마력이 느리게 성장 중. 당신에게 호감과 충성을 가지고 있음. 호감도는 약 71퍼센트. 충성도는 약 83퍼센트]

"왜 그러시나요, 사자님?"

시아는 두꺼운 후드를 뒤집어쓴 채 날 바라보았다. 나는 괜찮다는 듯 손사래를 치며 생각했다.

'직접 눈으로 보니 적나라하군. 확실한 건 이걸로 적과 아군을 한눈에 구분할 수 있다는 거다.'

스캐닝처럼 왼쪽 눈을 찌푸릴 필요도 없다. 나는 시험 삼아 지나다니는 모든 사람을 감정하며 감탄을 거듭했다.

*   *   *

로낭 왕국.

이곳은 자유 진영과 신성제국으로 대표되는 양대 세력에 속하지 않은 중립국이다.

하지만 지리적으로 보면 확실히 자유 진영에 가까웠다. 신성제국이 자유 진영의 영토를 거치지 않고 이곳에 갈 방법은 오직 해로뿐이었으니까.

하지만 거리로 치면 나도 만만치 않다.

슈라인에서 로낭 왕국에 있는 아르마스의 대신전까지 직선 거리로 약 1,100㎞가 넘는다.

내가 믿을 건 자유 진영 사이에 촘촘히 연결된 텔레포트 게이트뿐이었다.

박 소위는 내가 최대한 빨리 아르마스의 대신전에 도착할 수 있도록 최단거리의 텔레포트 게이트를 숙지한 직원을 따로 보내 대기시켰다.

엘프 마을에서 닷새 동안 머물러 있던 직원은 기다렸다는 듯이 우리들을 로낭 왕국으로 안내하기 시작했다.

"먼저 슈라인에서 장거리 게이트를 통해 자치 도시 슈림으로 갑니다. 거기서 로구를 타고 엘싱키 왕국의 티핌으로 간 다음, 거기서 다시 장거리 게이트로 엘싱키의 최남단 도시인 루비나스로 이동합니다. 그리고 거기서……."

"됐으니까 일단 움직이죠. 설명은 가면서 해도 늦지 않습니다."

말로만 들어도 골치가 아플 지경이다. 나는 직원을 제지하며 텔레포트 게이트로 걸음을 옮겼다.

* * *

아르마스의 대신전을 지키기 위해 함께한 동료는 딱 한 명뿐이었다.

규호.

나머지는 전부 엘프들과 함께 안티카 왕국으로 향했다.

800명이 넘는 그레이 엘프 전원이 텔레포트 게이트를 쓸 수는 없기 때문에 결국 육로를 통해 천천히 이동하기로 결정했다.

"이번에는 함께 싸울 수 있을 줄 알았는데 아쉽군. 하지만 임무를 맡았으니 최선을 다해 수행하도록 하지."

빅터는 아쉬워하면서도 다른 동료들과 함께 엘프들의 경호를 맡아주었다.

물론 엘프들 중에는 빅터보다 강한 마법사도 많다.

하지만 그들이 가는 것은 완전히 새로운 인간들의 세계였다. 조금이라도 이쪽 세계를 잘 아는 인간이 곁에 있는 편이 안전했다.

물론 빅터나 다른 동료들이라고 레비그라스 차원에 딱히 정통한 건 아니지만…….

"그럼 무사히 다녀오게, 주한. 자네의 수업은 아직 시작조차 못 한 걸 명심하게나."

다행히 팔틱 역시 엘프들의 경호에 힘을 보태주었다. 덕분에 나는 좀 더 안심하고 르낭 왕국으로 떠날 수 있었다.

*　　　*　　　*

"이렇게 보면 참 평화로운데…….."

규호는 잔뜩 몸을 웅크린 채 길거리를 돌아다니는 행인을 흘겨보았다.

"까놓고 이해가 안 돼. 나나 대장 같은 사람이 맘먹고 깽판 치면 여기서 수백 명은 단숨에 죽일 수 있잖아?"

"그런 소리 함부로 하지 마라."

나는 눈살을 찌푸리며 주의를 줬다. 규호는 한쪽 어깨를 으쓱이며 먹던 아이스크림을 마저 먹기 시작했다.

"말하자면 그렇다는 거지. 그런데도 저렇게 아무렇지도 않게 돌아다닐 수 있을까? 나 같으면 겁나 세지 않고서야 집에 처박혀서 꼼짝도 못 할 거 같은데?"

"당장 네 얼굴만 봐도 무서워서 꼼짝도 못 할 거다. 그러니 후드를 좀 더 눌러써라."

나는 손을 뻗어 규호의 머리를 덮은 후드를 끌어 내렸다. 규호는 콧방귀를 뀌며 긴 주둥이를 흔들었다.

"쓸데없는 짓이야. 아까 어떤 아저씨랑 눈이 마주쳤는데 피식 웃던데?"

"뭐?"

"인형 탈인가? 하고 그냥 지나갔어. 속도 편하지."

규호는 컵에 남은 아이스크림을 긴 혀로 핥으며 웃었다.

이곳은 링카르트 공화국에 있는 룬도버그라는 대도시다.

그리고 아르마스의 대신전으로 향하는 도중에 있는 이동 경로 중 하나였다. 우릴 안내하던 크로니클의 직원은 연신 주위를 살피며 불안한 목소리로 말했다.

"저기… 시원한 것도 다 드셨으면 그만 움직이는 게 어떻겠습니까? 규호 님의 정체도 그렇고… 이미 시간이 많이 지체됐습니다."

"시끄러워, 이 아저씨야. 됐으니까 가서 이거나 한 컵 더 사다줘. 내가 주문하면 난리 날 테니까."

"네, 네에……."

규호의 위협에 직원은 겁에 질린 얼굴로 즉시 자리에서 일어났다.

우리들은 새로운 텔레포트 게이트 근처에 있는 카페의 야외 테라스에 앉아 있었다.

아침부터 지금까지 약 일곱 시간을 쉬지 않고 이동했다.

모든 게이트가 유기적으로 연결된 게 아니라 중간중간에 도보나 마차를 이용해야 했다.

그러다 규호가 길거리의 카페에서 아이스크림을 먹고 있는 아이를 발견하고는 떼를 부리기 시작했다.

"사람들이 스캐닝에 대해서 이야기를 많이 하네. 역시 여기도 이슈가 되고 있나 봐."

규호는 새로운 아이스크림을 기다리며 주변 사람들의 대화에 귀를 기울였다.

나는 쓴웃음을 지으며 잔에 남은 차를 단숨에 마셨다.

"후드로 귀를 가리고 있는데도 다른 사람들의 이야기가 들리나?"

"이 정도야, 뭐. 멍멍이들은 귀가 엄청 좋아. 숲에서는 500m쯤 떨어진 곳에서 산짐승이 뛰어다니는 소리도 들을 수 있었어."

규호는 장갑을 낀 손가락을 쫙 펴며 말했다.

처음 출발하기 전, 나는 슈라인의 각인당에 다시 들러 규호에게 받을 수 있는 모든 각인을 부여해 주었다.

각인당의 직원들과는 이미 그전에 만나 돈으로 협상을 끝냈다. 덕분에 각인을 받은 규호는 다른 인간들의 목소리를 전부 듣고 이해할 수 있게 되었다.

"이런 좋은 걸 지금까지 안 받고 있었다니… 솔직히 깜짝 놀랐어."

규호는 주변 사람들의 이야기를 들으며 흐뭇한 표정으로 웃었다. 나는 덜덜 떨며 규호에게 각인을 부여하던 각인사의 모습을 떠올리고는 코웃음을 쳤다.

"나도 깜짝 놀랐다. 그렇게 오래 알고 지냈지만 네가 글자를 모른다는 사실을 오늘 처음 알았어."

"그야, 뭐. 내가 유치원 들어갈 때쯤에 난리가 터졌거든. 귀환자 말이야. 그때 우리 동네가 전부 쑥밭이 돼서 학교고 뭐고 다닐 시간 없었어."

규호는 송곳니를 드러내며 작게 으르렁거렸다.

그래서 규호는 한글을 제대로 익히지 못했다.

그 때문에 기껏 중급 언어의 각인을 받았으면서도 이쪽 세계의 글자를 읽을 수가 없었다.

최소한 기본적으로 한 가지의 언어를 읽고 쓸 수 있어야 언어의 각인도 효과를 발휘한다고 한다.

"나중에 배우면 되지. 어차피 지구인들 다 구하고 신성제국 박살 내면 시간도 남아돌 테니까."

규호는 다시 느긋한 표정을 지으며 텅 빈 컵을 혀로 핥기 시작했다.

말투, 표정, 생각.

역시 규호였다.

아무리 무시무시하고 덩치 큰 워울프라 해도, 그 알맹이는 내가 아는 규호였다. 하지만 그의 육체는 누가 뭐라도 워울프의 족장인 큰이빨이다.

나는 잠시 생각하다 그에게 말했다.

"규호야, 혹시 아는지 모르겠는데… 일이 다 무사히 끝나도 넌 다시 지구로 돌아갈 수 없어."

"응? 나도 알아. 전에 진성이 형한테 들었거든."

규호는 상관없다는 듯 어깨를 들썩였다.

"아무렴 어때? 난 여기도 좋아. 어차피 진성이 형도 지구로 못 가니까. 형네랑 워울프 마을이랑 왔다 갔다 하면서 살면 되지 않겠어?"

"그래. 그럼 되겠다."

나는 가볍게 웃으며 고개를 끄덕였다.

그때 크로니클의 직원이 새로운 아이스크림을 들고 돌아왔다. 직원은 힘들다는 얼굴로 자신의 주머니를 흔들며 말했다.

"이제 그만 좀 봐주십시오. 여기 아이스크림 비싸단 말입니다. 주방에서 마법사가 직접 냉기 마법으로 얼려서 만드는 거라고요."

"돈 걱정 하지 말라니까? 아저씨네 회사 회장이 내 친구야, 친구. 알았어?"

"하지만……."

"그래, 규호야. 이쯤에서 그만 먹고 일어나자. 이런 데서 너무 지체할 수 없어."

나는 한쪽으로 기울기 시작한 태양을 보며 자리에서 일어났다. 그러자 규호는 한입에 아이스크림을 퍼 넣고는 혀로 입가를 닦기 시작했다.

"쳇, 알았어. 아홉 그릇밖에 못 먹었는데."

"조금만 참아라. 나중에 뱅가드로 가면 하루 종일 먹게 해 줄 테니까."

"뱅가드? 거기도 아이스크림 팔아?"

"파는 걸 본 적은 없지만… 분명 거기가 더 맛있는 아이스크림을 팔 거다. 자유 진영 최대의 도시라고 하니까."

나는 뱅가드의 전경을 떠올리며 고개를 끄덕였다.

물론 여기서 파는 것도 진짜 아이스크림은 아니다.

그냥 갈아낸 과일즙을 냉기로 얼린 것뿐.

가게도 무려 영어로 '카페'라고 적혀 있었지만 정작 커피를 파는 건 아니다. 커피와 비슷한 검은색의 차를 팔긴 했지만 맛은 내가 아는 홍차와 비슷하다.

그래서 난 한숨을 내쉬었다.

규호에게 있어 이곳은 그야말로 살맛 나는 천국 같을 것이다.

하지만 내게 있어 천국은 젊은 시절의 지구였다.

규호는 모르는, 아직 귀환자들의 습격을 받기 전의 지구.

나는 수십 년 전의 기억을 떠올리며 새로운 게이트로 걸음을 옮겼다.

무사히 납치당한 지구인을 구하고 신성제국의 야망을 꺾는다면, 나 또한 내가 기억하는 천국으로 돌아갈 기회가 생길지도 모른다.

앞으로 3년 정도 지나면 그때가 올까?

아니면 30년이라도?

*   *   *

다음 날 오후.

일행은 로낭 왕국의 수도인 크루밀이라는 도시의 장거리 순간 이동 게이트 앞에서 처음으로 저항에 막혔다.

"잠시만 기다려 주십시오! 지금 건너편에 문제가 터진 것 같습니다."

게이트를 관리하는 마법사가 당황하며 소리쳤다. 그러자 표를 사려던 크로니클의 직원이 답답하다는 얼굴로 대거리를 했다.

"그럼 정확히 무슨 문제가 터졌는지 말해달라고요! 기술적인 문제입니까? 마법사의 마력이 다 떨어졌습니까? 우린 지금 당장에라도 아르마스의 대신전에 가야 한단 말입니다!"

이 게이트만 통과하면 바로 아르마스의 대신전에 도착할 수 있다. 마법사는 진땀을 흘리며 잔뜩 구겨진 종이를 펼쳐 보였다.

"이걸 보십시오. 5분 전에 대신전에서 날아온 전서입니다. 알 수 없는 괴인들이 습격해서 대신전을 공격하고 있다고 합니다. 그러니 여러분들도 관광은 다음으로 미루시고……."

"관광이 아닙니다!"

나는 마법사의 말을 끊으며 소리쳤다.

"저희들은 아르마스의 대신전을 지키기 위한 지원군입니다. 시간이 없습니다. 당장 그쪽으로 보내주십시오!"

"아니, 잠시만요. 지원군이라고 하셔도……."

마법사는 의심스러운 눈으로 우리들을 살피며 말했다.

"대체 어디 분들이십니까? 아무리 봐도 로낭 사람으론 안 보이는데요? 그리고 저기 덩치 큰 분은 가면에 후드까지 푹 눌러쓴 게 아무리 봐도 수상해 보이는데……."

"소속은 안티카 왕국입니다. 지금 신성제국이 각지의 대신전을 공격해서 성물을 파괴하고 있습니다."

"그게… 정말 신성제국의 짓이었습니까? 소문대로?"

"물론입니다. 다른 누가 그런 야만스러운 짓을 저지르겠습니까?"

나는 양팔을 펼치며 소리쳤다.

"그리고 제가 신성제국 사람으로 보이십니까?"

"그럴 리가요. 제국 사람은 1분만 대화해도 알아볼 수 있죠."

마법사는 눈살을 찌푸리며 고개를 끄덕였다.

"알겠습니다. 하지만 조심하십시오. 건너편에 상황이 어떻게 됐는지 전혀 모릅니다."

"텔레포트 자체는 가능한 겁니까? 혹시 반대편 마법진에 마법사가 없더라도?"

"가능합니다. 다만 돌아오실 때는 걸어오셔야겠죠."

마법사는 곧바로 지면에 새겨진 마법진을 가리켰다. 그러자 크로니클의 직원이 내게 작은 배낭을 건네며 말했다.

"이미 습격을 받았다면 저는 짐만 될 겁니다. 그럼 잘 부탁드립니다. 배낭에는 여분의 돈과 포션이 들어 있습니다."

"알겠습니다. 다음에 다시 뵙도록 하죠."

나는 규호와 함께 즉시 텔레포트 게이트 위로 올라갔다. 규호는 가면을 쓴 채로 신이 나는 듯 말했다.

"좋아! 드디어 한판 제대로 붙는 건가?"

"방심하지 마라. 우린 적의 규모와 수준을 전혀 몰라. 위험할 것 같으면 절대 무리하지 말고 뒤로 빠져. 알겠나?"

"오케이, 대장. 걱정 말라고. 내가 또 한 도망치잖아?"

규호는 장갑을 벗으며 날카로운 엄지손톱을 치켜세웠다.

그 순간, 준비를 마친 마법사들이 게이트 주변에서 마력을 방출했다.

동시에 주변의 풍경이 순식간에 사라졌다.

그리고 완전히 새로운 풍경이 나타났다.

＊　　　　＊　　　　＊

새로운 풍경은 폐허였다.

치이이익……

사방의 모든 건물이 완전히 박살 난 채 연기를 내뿜고 있다.

곳곳에 사람들의 시체가 널브러져 있었다. 나는 주변을 경계하며 일단 폐허 지대를 벗어났다.

"이런 망할… 내가 어제 아이스크림 먹자고 해서 이렇게 된 거야? 그래서 늦은 거야?"

규호의 목소리에서 죄책감이 느껴졌다. 나는 칼을 뽑아 들며 말했다.

"그럴 리가. 어차피 중간에 호텔에서 하루 자고 왔지 않나?"

"아, 그렇지. 그럼 상관없겠구나."

규호는 금방 기운을 차리며 반대편을 가리켰다.

"저쪽에서 아직 누군가 싸우고 있어!"

규호가 가르친 방향에 높은 건물이 보였다.

'저게 아르마스의 대신전인가?'

내가 예상했던 것은 넓은 공터에 홀로 고고하게 세워진 멋들어진 신전이었다.

하지만 현실은 빽빽한 도시의 한가운데 솟은 탑이었다. 우리들은 사방에서 울리는 비명과 울음소리를 무시한 채, 일직선으로 도시의 중심부를 향해 달리기 시작했다.

그곳은 이미 아비규환이었다.

대신전의 정면에는 넓은 광장이 있었다.

정확히는 수백 구의 시체로 뒤덮인 광장이었다.

'끔찍하군.'

나는 무참히 찢기고 불탄 시체들을 뒤로한 채 신전을 향해 달렸다.

그때 뒤쪽에서 폭음이 들렸다.

콰과과과과과광!

동시에 하얀 옷을 입은 스무 명의 남자가 광장을 향해 난입했다.

'적의 지원군인가?'

나는 가장 앞에 있는 남자를 빠르게 스캐닝했다. 그리고 규호를 향해 소리쳤다.

"규호야! 여긴 네가 맡아! 너 혼자 충분히 상대할 수 있다!"

"맡겨두시라!"

규호는 한 치의 망설임도 없이 적들을 향해 돌진했다. 나는 또 다른 폭음과 비명 소리가 울리는 대신전을 향해 몸을 날렸다.

대신전의 입구에도 광장이 있었다.

방금 전의 광장보다는 작았지만, 그래도 초등학교 운동장은 될 법한 크기였다.

그곳에선 실시간으로 혈투가 벌어지고 있었다.

"정의는 바로 나! 캡틴 크로니클이 지킨다!"

덩치 큰 남자 하나가 수십 명의 적을 상대로 기세 좋게 소리를 질렀다.

"블룸!"

나는 남자의 이름을 외치며 그쪽으로 몸을 날렸다.

그와 동시에, 사방에서 무수한 불덩어리와 컴팩트 볼이 블룸을 향해 날아들었다.

콰과과과과과과과과과과광!

그것은 맹렬한 폭발이었다.

블룸은 그 모든 공격을 제자리에 선 채 막아냈다.

당연히 몸을 피할 수도 있었을 것이다. 하지만 그렇게 하지 못한 것은 그의 발치에 죽어가는 동료들이 있기 때문이었다.

"크윽……."

블룸은 특유의 거대한 방패를 치켜든 채 이를 갈며 그 자리를 버텨냈다.

그러다 달려오는 날 발견하며 소리쳤다.

"앗! 회장님 친구!"

"주한입니다! 무사하십니까!"

나는 재빨리 블룸의 등 뒤를 지키며 소리쳤다.

"상황을 말씀해 주십시오!"

"어떻고 자시고 기습당했어! 사방에서 도시가 공격받아서 흩어졌는데 그게 알고 보니 기만 작전이었더라고!"

"다른 경호부대는요!"

"나도 몰라! 거의 죽고 나머지는 다 내 발 아래 있어!"

블룸이 지키고 있는 동료는 세 명이었다. 나는 주변을 포위한 적들을 빠르게 살피며 말했다.

"1단계 소드 익스퍼트 세 명에 3단계 오러 유저 네 명이라. 나머지는 다 마법사인 것 같군요. 일단 제가 절반 정도를 쓸어낼 테니……."

"아니! 안 돼!"

블룸은 급하게 소리쳤다.

"여긴 괜찮으니까 대신전으로 가! 좀 전에 한 무리가 우르르 들어갔어! 가서 성물부터 지켜!"

그것은 논쟁할 가치가 없는 절대적인 우선순위였다. 나는 곧바로 지면을 박차며 대신전의 입구를 향해 달렸다.

그러자 적 하나가 번개같이 내 앞을 가로막았다.

녹색의 오러를 맹렬히 분출하며.

'1단계 소드 익스퍼트다.'

바로 나와 같은 등급이다.

하지만 대등하다는 생각은 전혀 안 들었다. 나는 오러 소드를 발동시키며 적의 정수를 향해 일직선으로 내리 그었다.

상대도 검을 휘둘러 맞받아쳤다.

파지지지지지지지지직!

강렬한 충격과 함께 사방으로 오러의 파편이 튀어오른다.

하지만 힘의 우위는 확실했다.

"큭!"

적은 신음 소리를 내며 뒤로 밀려났다. 나는 그사이 왼손에 만들어놓은 컴팩트 볼을 적을 향해 내던졌다.

순간 힘겨워하던 적의 눈에 경악이 번졌다.

콰과과과과과과과광!

명중 순간, 사방으로 녹색의 오러가 팽창하며 폭발했다. 나는 몰려오는 충격파를 억지로 뚫으며 몸을 앞으로 날렸다.

적은 여전히 충격에서 헤어나지 못하고 있다.

"어떻게 이렇게 빨리……."

컴팩트 볼을 만들어 던질 수 있는 거냐?

분명 그렇게 말하고 싶었을 것이다. 나는 대꾸하지 않고 다시 한 번 칼을 휘둘렀다.

적은 이번에도 가까스로 반응하며 맞받아쳤다.

파지지지지지지지직!

녀석은 다시 힘에서 밀리며 뒤쪽으로 튕기듯 밀려났다.

힘도, 타이밍도, 기세도 내가 압도한다.

나는 녀석을 향해 또다시 미리 만들어놓은 컴팩트 볼을 집어 던졌다.

말도 안 돼.

녀석은 표정으로 그렇게 말하고 있었다.

또다시 강렬한 충격과 함께 녹색 폭발이 작열했다.

콰과과과과과과과광!

나도 다시 한 번 적을 향해 몸을 날렸다.

"커흑……."

녀석은 입으로 피를 토하며 웅크리고 있었다.

발동시킨 오러의 기세가 확 죽어 있다. 충격이 컸는지 두 발로 버티고 서 있는 것조차 아슬아슬했다.

나는 마지막 일격으로 그 위태로움을 끝냈다.

콰직!

단숨에 내려친 칼이 적의 어깻죽지를 가르며 복부까지 파고들었다.

이럴 거라 예상했다.

이게 바로 소드 익스퍼트의 실전이다.

서로가 가진 힘이 너무 강하기 때문에 한쪽이 좀 더 강한 힘으로 기선을 제압하면 순식간에 균형이 무너져 버린다.

"쿨럭, 커흑……."

쓰러진 적은 갈라진 몸과 입으로 붉은 피를 토하기 시작했다.

"어, 어째서… 어째서 그렇게 빨리 컴팩트 볼을 만들 수 있는……."

녀석은 죽어가면서도 그것이 궁금한 모양이었다.

하지만 대답해 줄 의무는 없었다. 나는 녀석을 뛰어넘으며 곧장 대신전을 향해 달렸다.

"나도 꽤나 빠르게 만든다고 생각했는데… 자네가 컴팩트 볼을 만드는 속도는 정말 대단하군. 이것도 오러에 대한 친화력이 높아서 가능한 건가?"

순간 팔틱의 이야기가 뇌리를 스치며 지나갔다. 나는 남은 오러의 잔량을 살핀 다음 탑의 입구를 노려보았다.

뭔가 잔뜩 서 있다.

자세히 보자 복면을 쓴 괴한 열 명이 똘똘 뭉쳐 오러 실드를 전개하고 있었다.

'몸으로 입구를 막고 있는 건가?'

오러가 노란색인 걸 보면 열 명 모두가 3단계 오러 유저다.

'3단계 오러 유저 열 명의 방어를 한 번에 뚫어내려면 어느 정도의 화력이 필요할까?'

나는 생각과 동시에 적의 중심부를 향해 프로스트 노바를 날렸다.

휘이이이이이이이익!

맹렬한 폭풍과 함께 커다란 얼음 조각이 휘몰아친다.

물론 이 정도는 충분히 견딜 것이다.

하지만 내가 노린 것은 단순히 적의 시선을 가리는 것뿐이다. 나는 적들이 얼어붙은 입구 대신, 몸을 날려 탑의 2층을 향해 뛰어올랐다.

창문도 없는 그냥 벽을 향해.

하지만 전혀 문제없었다.

콰과과과광!

나는 단숨에 벽을 뚫으며 탑 안으로 진입했다.

"뭐야!"

"이교도가 탑으로 들어갔다!"

"막아! 어떻게든 대회랑으로 가는 걸 막아야 해!"

'그럼 나는 대회랑으로 가면 되겠군.'

아래쪽에서 적들이 소리 지르는 것이 들렸다. 나는 가볍게 무시하며 복도를 지나 1층으로 내려가는 계단을 단숨에 뛰어 내려갔다.

그러자 정면으로 넓고 높은 복도가 보였다.

'여기가 대회랑인가?'

회랑의 모든 벽면과 천장에는 아름다운 벽화가 그려져 있었다.

반면 바닥에는 무참히 도살당한 신관들의 시체가 무수히 깔려 있었다.

분명 아르마스의 신관일 것이다. 나는 시체 사이사이의 빈 공간을 밟으며 안쪽으로 빠르게 질주했다.

하지만 뒤따라오는 적들은 나처럼 시체에 대한 배려를 갖추지 못했다.

콰직! 콰직!

푸확! 우직!

등 뒤로 시체가 마구 으스러지는 소리가 들린다.

"잡아! 잡아라!"

"이교도를 잡아!"

"아무도 안쪽으로 들어가게 하면 안 된다!"

"빛의 신이 역사하신다!"

저쯤 되면 복면이나 복장으로 정체를 감추는 게 무슨 소용인가 싶다.

중요한 건 저들이 뭉쳐 있던 진형을 스스로 풀고 흩어졌다는 사실이다. 나는 타이밍을 맞춰 몸을 돌리며 후방을 향해 컴팩트 볼을 날렸다.

목표는 가장 앞서 추격하던 적이다.

"큭!"

녀석은 그 와중에도 억지로 몸을 비틀며 급하게 만든 오러 실드를 내밀었다.

콰과과과과과과과과광!

동시에 강렬한 폭음이 회랑 전체를 울려 퍼졌다.

나는 역동작으로 지면을 박차며 뒤쪽으로 몸을 날렸다.

콰직!

돌로 만들어진 바닥에 금이 가는 것이 느껴진다.

동시에 눈앞에 적의 모습이 보였다. 컴팩트 볼을 오러 실드로 받아낸 녀석은 왼팔 전체가 오러 실드와 함께 날아가 버린 상태였다.

'위력이 엄청나군.'

나는 칼끝으로 녀석의 명치를 꿰뚫으며 생각했다.

상대적인 것이다.

여러 명이 한군데 뭉쳐서 방어에 전념하면 또 모를까. 3단계 오러 유저는 결코 1단계 소드 익스퍼트의 상대가 될 수 없다.

그때 좌우에서 적들이 협공을 가했다.

"죽어라!"

두 녀석은 미리 맞춘 듯이 동시에 소리쳤다.

좌우에서 떨어지는 두 자루의 검.

나는 앞으로 가볍게 몸을 날렸다.

부우웅!

등 뒤로 두 자루의 칼이 허공을 베는 소리가 들렸다.

'느려.'

그리고 한쪽 다리가 지면에 닿는 순간, 곧바로 지면을 박차며 공중으로 뛰어올랐다.

회랑의 천장이 순식간에 눈앞으로 다가왔다.

'빨라.'

나는 공중에서 몸을 회전해 양다리로 천장에 착지했다.

찰나의 순간이지만, 마치 중력을 무시한 채 천장에 거꾸로 선 것처럼 보일 것이다.

동시에 웅크렸던 다리를 펼치며 지면을 향해 몸을 날렸다.

방금 내게 칼을 휘둘렀던 두 사람을 향해.

둘은 그제야 천장을 향해 고개를 치켜들고 있었다.

촥!

나는 먹이를 낚아채는 독수리처럼 한 녀석의 목을 내리 그었다.

동시에 몸을 회전하며 발끝으로 지면을 걷어찼다.

콰직!

깨진 돌 조각이 또 다른 녀석의 얼굴을 향해 날아갔다.

"큭!"

녀석은 반사적으로 왼팔을 들어 그것을 막아냈다.

하지만 돌 조각을 전부 막은 그 순간, 함께 몸을 날린 내 칼이 녀석의 목덜미를 관통했다.

푸확!

순간적으로 붉은 선혈이 사방으로 튀었다.

'이렇게 편한 것을……'

나는 한숨을 내쉬었다.

문득 전차포의 직격도 가볍게 받아내던 귀환자들의 모습이 떠올랐다.

강력한 내구력과 발동시킨 오러로 인해, 레비그라스의 귀환자들은 실탄과 포탄에 대해 면역에 가까운 방어력을 가지고 있었다.

하지만 같은 오러로 공격하면 이토록 가볍게 뚫린다. 나는 회랑 가득한 피 냄새를 맡으며 뒤를 돌아보았다.

"이… 이… 이교도 놈이!"

"아르마스는 거짓 신이다! 진정한 빛의 신 레비 앞에 무릎 꿇으라!"

"죽어라! 죽음으로 신께 사죄해라!"

남은 일곱 명의 적이 이를 갈며 그곳에 서 있었다. 나는 가볍게 심호흡을 하며 고개를 끄덕였다.

"그래. 너희 모두 돌아가면 사죄해라."

빛의 신 레비에게.

실패해서 죄송하다고.

회랑의 남은 적을 모두 쓰러뜨리는 데는 3분의 시간이 필요했다.

'혹시 늦었을까?'

그래서 마지막으로 쓰러뜨린 적의 숨이 끊어지기 전에 재빨리 스캐닝을 했다.

각인: 언어(중급), 맵온(중급)

안 늦었다.

각인 능력에 아직 언어가 남아 있다. 나는 즉시 회랑 안쪽으로 달렸다.

회랑은 가도 가도 끝없이 시체로 뒤덮여 있었다.

수백 명.

아니, 천 명은 될 것 같다.

아르마스의 대신전에 살고 있는 모든 신관.

그리고 신전을 지키는 병력 전체가 이곳을 막다 목숨을 잃은 것이다.

분명 목숨을 걸어서라도 지켜야 할 중요한 것이 있기 때문이겠지.

회랑의 끝에.

반대로 생각하면 이 모든 이의 목숨을 앗아갈 만큼 강력한 존재가 그곳을 향했다는 것을 알 수 있다.

'대체 얼마나 강한 거지? 죽은 자들의 시체를 보면 오러를 다루는 것 같긴 한데…….'

나는 적의 힘을 예상하며 대응책을 마련했다.

2단계 소드 익스퍼트면 상대할 수 있다.

비록 1단계의 차이가 나더라도, 마력을 통한 레벨 업을 계산하면 큰 차이가 안 날 것이다.

3단계 소드 익스퍼트도 가능할 것이다. 불의 정령왕의 힘을 발동시킨다는 조건하에, 아슬아슬하게 호각으로 싸울 수 있을 것 같았다.

'문제는 그런 적들이 다수가 존재하는 경우다. 그런데 아직

까지 아르마스의 성물이 파괴되지 않은 걸 보면……'

분명 누군가 안쪽에서 최후의 방어선을 펼치고 있는 것이다.

나는 희망을 가지고 회랑을 돌파했다.

시체로 가득 찬 회랑의 끝에는 찬란한 빛이 반짝이는 넓은 공간이 펼쳐져 있었다.

*　　　*　　　*

그곳은 예배당이었다.

확실하진 않지만 분명 그런 용도로 사용되는 공간이리라.

회랑과 마찬가지로 사방에 시체가 가득했다. 차이가 있다면 아직 살아서 두 발로 서 있는 인간들이 있다는 것.

그들은 대치 중이었다.

먼저 예배당의 단상 위에 서 있는 한 남자가 보였다.

외관상 나이는 60대 정도.

연한 갈색의 신관복에 머리에는 깃털 장식이 된 관모를 쓰고 있다.

'아르마스의 신관인가? 그런데 왜 저런 자세로 가만히 서 있지?'

신관은 마치 축복이라도 내리려는 듯, 양팔을 펼친 채 고개를 숙이고 있었다.

그의 등 뒤로 마치 후광이라도 비추는 것처럼 사방으로 빛이 뿜어져 나오고 있었다.

　그와 대치하고 있는 것은 복면을 쓴 세 명의 적이었다.

　두 명은 덩치가 큰 남자고, 한 명은 조금 작다.

　'여자인가?'

　나는 가장 먼저 덩치가 작은 인간부터 스캐닝했다.

이름: 스칼렛 스텔라

레벨: 7

종족: 지구인, 회귀자

기본 능력

근력: 137(118)

체력: 121(95)

내구력: 83(66)

정신력: 0(0)

항마력: 69(91)

특수 능력

오러: 39(71)

마력: 42(89)

신성: 17(62)

저주: 74(74)

각인: 언어(하급), 맵온(하급)

오러: 오러 소드(하급), 오러 실드(하급)

마법: 화염(4종류), 바람(총3종류)

축복: 하급 체력 유지, 하급 체력 강화, 하급 근력 강화, 중급 내구력 강화

마법 효과: 세뇌(상급)

나는 순간적으로 경직되었다.

스텔라.

그녀는 스텔라였다.

복면에 가려 있어 얼굴이 자세히 보이진 않았지만, 일단 스텔라라고 인식하자 비슷하게 보였다.

비록 눈매에 주름 하나 없지만.

머리카락도 내가 기억하는 것과는 달리 매우 짧지만.

그래도 그녀는 스텔라였다.

그때 반대편에 있던 다른 적이 소리쳤다.

"페올, 적이 도착했다! 겔브레스 님이 사라지셨으니 스스부터 지켜!"

겔브레스?

스스?

그러자 또 다른 남자가 억지로 쥐어짜듯 소리쳤다.

"하지만 로반테! 지금은……."

나는 두 남자를 번갈아 보며 스캐닝했다.

로반테라는 남자는 2단계 소드 익스퍼트였다.

레벨은 20. 모두 오러를 통해서만 높였다.

페올이라는 남자 역시 2단계 소드 익스퍼트였다.

오러의 최대치는 로반테보다 25 이상 낮았지만, 추가로 신성 스탯이 100을 넘긴 덕분에 레벨은 오히려 1이 더 높았다.

'신성 스탯은 50마다 1레벨이 올랐지? 추가적으로 신성 마법도 사용할 수 있으니 까다로운 상대다. 동시에 싸우면 내가 불리하겠지. 노바로스의 힘을 발동시키면 어떻게 될까… 그런데 왜 저러고 있는 거지?'

나는 적들을 경계하며 조금씩 거리를 좁혔다.

물론 당장에라도 스텔라의 이름을 부르며 그쪽으로 달려가고 싶었다.

하지만 지금은 결코 감격의 재회를 만끽할 순간이 아니었다.

마법 효과: 세뇌(상급)

이것만 봐도 지금 그녀가 어떤 상태인지 알 수 있다.

그때 아르마스의 신관이 소리쳤다.

"거기! 거기 누구십니까! 안티카 왕국에서 오신 분입니까?"

"……"

나는 대답 없이 고개만 살짝 까딱였다. 그러자 신관은 감격한 표정으로 눈물까지 흘리며 소리쳤다.

"오오! 감사합니다, 아르마스여! 드디어 제 기도를 들어주셨군요! 어서 저 악도들을 멸해주십시오! 이제 시간이 없습니다! 곧 각인이 끝납니다!"

'각인?'

"저는 지금 저들을 각인사로 만들고 있습니다! 빨리! 시간이 없습니다!"

나는 신관의 말을 이해할 수 없었다.

'각인사로 만들고 있다고? 왜 그런 능력을 부여해 주는 건데?'

신관이 서 있는 단상의 뒤쪽으로 화려하게 장식된 계단이 있다. 그리고 계단의 가장 위에 주먹만 한 크기의 구슬이 놓여 있다.

예배당을 환히 밝히는 그 빛은 바로 그곳으로부터 뻗어 나오고 있었다.

'구슬에서 뻗어 나온 빛이 적들의 몸을 감싸고 있다… 혹시 저것 때문에 움직이지 못하는 건가?'

생각이 거기에 미친 순간, 나는 가장 왼쪽에 있는 로반테라는 남자를 향해 돌진했다.

그러자 신관이 소리쳤다.

"그자보다는 저 여자를! 저 여자를 죽여야 성물이 안전합니다!"

물론 그럴 것이다.

레비그라스인은 성물에 손을 댈 수 없으니까.

신관도 이미 그 사실을 알고 있는 듯했다.

하지만 또다시 성물이 파괴되는 한이 있더라도 내 손으로 그녀를 죽이는 일은 없을 것이다.

일단 다른 두 명부터 처리한다.

나는 단숨에 적의 정수리를 향해 칼을 내려쳤다.

동시에 지면이 폭발을 일으켰다.

콰과과과과과과광!

"큭!"

갑작스러운 충격에 몸이 옆으로 날아갔다.

"멍청한 이단자 놈! 몸을 움직일 수 없다고 오러까지 발동시키지 못할 줄 알았나!"

자욱한 흙먼지 너머로 로반테의 비웃는 듯한 목소리가 들렸다. 적은 마비된 그 순간에도 지면을 향해 오러 스킬을 날린 것이다.

컴팩트 볼일까?

아니면 오러 브레이크?

무엇이 되었든 내 눈에는 보이지 않았다.

그때 또 다른 적이 기세 좋게 소리쳤다.

"나이트 로반테! 마비가 풀렸습니다!"

동시에 무언가 날카로운 것이 흙먼지를 뚫고 내 쪽으로 날아왔다.

'나이프?'

나는 반사적으로 몸을 숙이며 그것을 피했다.

쉬익!

정수리 부근을 아슬아슬하게 스치고 지나간 나이프는 뒤쪽에 있는 벽에 박히며 강력한 폭발을 일으켰다.

콰과과과과과과과광!

'뭐지, 이건? 처음 보는 기술인데……'

그사이, 마비가 풀린 두 적은 흙먼지 너머로 합류했다.

"좋아. 드디어 풀린 것 같군."

"본의 아니게 거짓 신의 각인사가 되었습니다. 레비께 죄를 지은 것 같아 마음이 불편하군요."

"신경 끄게. 어차피 곧 사라질 각인이니까."

로반테라는 남자가 괜찮다는 듯 손사래를 치며 말했다.

"저놈은 내가 알아서 처리하지. 자넨 다시 돌아가서 스스를 지키게."

"하지만 로반테……."

"걱정 말게. 저 녀석, 고작해야 1단계 소드 익스퍼트야."

로반테는 내 몸을 위아래로 살피며 말했다. 또 다른 남자는 불안한 표정으로 고개를 끄덕이며 뒤로 물러났다.

"알겠습니다. 빛의 신의 가호가 함께하시길……."

"저런 약골을 상대로 신의 가호씩이나? 필요 없네."

로반테는 바닥에 떨어진 칼을 주워 들며 내 쪽을 가리켰다.

"그쪽도 안티카 왕국의 기사인가? 그렇다면 두말할 것 없이 제국의 적! 길게 끌지 않고 당장 끝내주마!"

그 순간, 나는 불의 정령왕의 힘을 발동시켰다.

'노바로스의 강화.'

그러자 삽시간에 맹렬한 불길이 몸 전체를 감싸며 일어났다.

화르르륵!

"음?"

로반테는 움찔하며 걸음을 멈췄다.

지금의 나는 오러와 정령왕의 힘으로 두 번 강화되었다.

온몸의 세포 하나하나에 충만한 힘이 깃드는 것이 느껴진다.

그렇다면 2단계 소드 익스퍼트인 상대보다 얼마나 강할까?

*　　　　*　　　　*

충분히 강했다.

근력: 456(338)
체력: 488(350)
내구력: 247(194)
항마력: 322(348)

이것이 오러를 발동시킨 로반테의 기본 스텟이다.

소드 익스퍼트부터는 오러를 발동시키면 기본 스텟이 추가적으로 50~60% 정도 상승한다.

그것을 감안하면 오히려 낮은 수치였다. 특히 항마력은 최대치보다 오히려 낮아진 상태였다.

'분명 여기까지 뚫고 오느라 힘을 많이 소모한 것이겠지.'

나는 스스로의 능력을 스캐닝하며 승리를 확신했다.

근력: 618(304)

체력: 592(316)

내구력: 348(183)

정신력: 71(99)

항마력: 814(461)

압도적이다.

'이 정도면 3단계 소드 익스퍼트와도 비벼볼 수 있지 않을까?'

심지어 적은 내가 이렇게 강하다는 것을 모른다.

스캐닝이 사라졌으니까.

"쳇, 마법도 쓰는 건가? 살짝 골치 아프겠군."

로반테는 칼을 당겨 쥐며 중얼거렸다.

내 몸을 감싼 불꽃을 불 속성의 마법으로 착각한 것이다.

나는 승리를 직감했다.

하지만 그것만으론 부족했다.

아무리 전투에서 승리한다 해도, 결국 전쟁에서 패배하면 아무 소용이 없다.

여기서 전쟁의 승패를 결정짓는 것은 아르마스의 성물이다.

성물이 파괴되면 전쟁도 패배한다.

그래서 나는 로반테를 향해 다짜고짜 컴팩트 볼을 날렸다.

콰과과과과과광!

그리고 작열하는 폭발 너머로 뒤로 물러선 또 다른 적을 향해 몸을 날렸다.

로반테는 금방 충격에서 벗어나며 소리쳤다.

"안 돼! 스스를 지켜!"

스스는 스텔라를 말하는 걸까?

'스칼렛 스텔라라서 스스인가?'

녀석들이 나도 모르던 스텔라의 이름을 아는 것도 불쾌했고, 그것을 줄여서 애칭처럼 부르는 것도 불쾌하다.

"거짓 신을 섬기는 자여! 신벌을 받아라!"

스텔라를 지키고 있던 또 다른 남자가 몸을 비틀며 전력을 다해 칼을 휘둘렀다.

그에 비해 나는 그저 수직으로 칼을 내리 그었다.

단순하게.

그렇게 두 무기가 충돌한 순간, 맹렬한 파열음과 함께 충격파가 발생했다.

파지지지지지지지지지직!

"……."

적의 뒤에 서 있던 스텔라가 충격파에 밀리며 뒤로 날아간다.

마치 혼이 사라진 듯, 멍한 표정으로.

'괜찮겠지?'

동시에 또 한 번의 힘의 충격이 사방으로 터져 나갔다.

콰과과과과과광!

그것은 오러 브레이크였다.

자신의 몸 주위로 오러를 분출해 폭발시키는 오러 스킬.

위력 자체는 컴팩트 볼보다 약하고 사거리도 짧지만, 당장 자신의 주변에 있는 모두를 밖으로 날려 버리는 효과를 가지고 있다.

물론 내가 쓴 것은 아니다.

"큭!"

시전자인 페올은 경악한 눈으로 뒤로 물러났다.

어째서 1단계 소드 익스퍼트가 이렇게 강한 힘을 가지고 있는 건가?

그리고 오러 브레이크를 사용했는데, 왜 뒤로 밀리거나 날아가지 않고 그 자리에 버티고 서 있는 걸까?

나는 또 한 번의 공격으로 대답을 대신했다.

파지지지지지지직!

다시 한 번 두 칼이 충돌하며 사방으로 무수한 오러의 파편을 튀겼다.

물론 그 대부분이 상대가 가진 파란빛의 오러였지만.

"큭……."

적은 방어 순간 짓눌려 버린 몸을 힘겹게 펼쳤다.

그리고 나는 적의 펼친 몸을 다시 구겨 버렸다.

공격으로.

공격으로.

공격으로.

"커윽……."

적은 더 이상 칼로 받아내는 게 무리라고 판단하며 오러 실드를 전개했다.

하지만 오러 실드도 오래 버티지 못했다.

파지지지지지직!

단 두 번 만에 적의 실드는 산산조각으로 깨지며 소멸했다.

그리고 마지막 일격을 날리려는 순간, 무언가 등을 직격하며 폭발을 일으켰다.

콰과과과과과과과광!

그것은 적이 날린 컴팩트 볼이었다.

하지만 충분히 견딜 수 있는 충격이었다. 나는 약간 흔들린 자세를 수정하며 그대로 칼을 내리 그었다.

이번에는 막지 못했다.

푸확!

내려친 칼이 치켜세운 적의 왼팔을 단숨에 가르고, 적의 얼굴과 가슴팍을 거의 동시에 베어버렸다.

그리고 온몸을 반으로 양단했다.

좌악!

그러고도 여전히 힘이 남아, 바닥의 타일까지 파고들었다.

콰지지지지지직!

마치 지진이라도 벌어진 듯, 내려친 곳 주변의 모든 타일이 박살 나며 사방으로 튀어 올랐다.

그리고 충격파가 번진다.

콰아아아아아앙!

엄청난 힘이다.

지금까지 노바로스의 강화와 오러를 동시에 발동시킨 적은 없었다.

결과는 상상 이상이었다. 반으로 갈라진 적의 몸은 지면을 내려친 충격파로 인해 좌우로 갈라지며 위로 튀어 올랐다.

엄청난 양의 피와 내장을 사방에 흩뿌리며.

하지만 나는 이미 그 자리에 없었다.

곧바로 지면을 박차며 몸을 돌리고는 하나 남은 또 다른 적을 향해 몸을 날렸다.

"……."

로반테라는 이름의 적은 그때까지도 여전히 왼손을 앞으로 내밀고 있었다.

컴팩트 볼을 날렸던 바로 그 왼손을.

나는 먼저 그 왼손부터 베어버렸다.

촤악!

온몸이 오러로 감싸여 있지만, 별다른 저항도 느껴지지 않았다.

"큭……"

적은 그제야 정신을 차리며 칼을 쥔 오른손을 휘둘렀다.

하지만 나는 적의 공격이 미처 뻗기 전에 손을 내밀어 그것을 움켜쥐었다.

맨손으로, 적의 칼을.

콰직!

"헉……"

적의 벌어진 입에서 숨넘어가는 소리가 들린다.

나는 그대로 몸을 앞으로 튕기며 적의 얼굴을 향해 머리를 날렸다.

헤딩.

특별할 건 전혀 없는, 그냥 평범한 헤딩이다.

동시에 적의 안면이 무너지는 소리가 들렸다.

꽈직!

그리고 적의 몸이 활처럼 휘며 뒤로 날아갔다.

쥐고 있던 칼도 놓은 채.

그래서 나는 손에 남은 칼을 적에게 던져 돌려주었다.

던진 칼은 단숨에 적의 복부를 관통하며 반대편 벽에 박혔다.

푸확!

그리고 뒤를 따라 날아간 적의 몸이 벽에 꽂힌 칼에 처박혔다.

콰과과과광!

곧바로 벽이 갈라져 터지며 적의 몸 위로 쏟아져 내렸다.

죽었을까?

전생의 귀환자들 중에는 얼굴의 반이 날아가고, 늑골이 드러날 정도로 몸이 터졌는데도 계속 살아 싸우던 자들이 있었다.

그래서 나는 무너진 돌무더기를 향해 다시 한 번 컴팩트 볼을 날렸다.

콰과과과과과과광!

이번엔 확실히 죽었을 것이다.

"후우……."

나는 사방으로 터져 나간 인간의 파편을 보며 몸을 돌렸다.

그러자 멀리 단상 위에 서 있던 신관이 소리쳤다.

"조심하십시오! 적이 하나 더 있었습니다!"

물론 하나 더 있을 것이다.

스텔라.

하지만 그녀는 내 적이 아니다. 나는 가볍게 손사래를 치며 스텔라가 쓰러진 곳을 향해 걸음을 옮겼다.

"괜찮습니다! 저 여자는 이쪽에서 책임지고 제압할 테니……."

"저 여자가 아닙니다!"

신관이 다급하게 소리쳤다.

그와 동시에 예배당의 바닥 전체가 검게 물들었다.

'이건 뭐지?'

나는 반사적으로 공중으로 뛰어올랐다.

그리고 높은 천장의 한가운데 달린 샹들리에에 매달렸다.

검은 기운.

그저 보는 것만으로도 엄청난 불쾌감이 솟구친다.

그리고 정체를 알 수 없는 공포도.

동시에 예배당 전체가 흔들렸다.

쿠구구구구…….

강한 진동과 함께, 바닥에 놓인 모든 물건이 검게 물든 지면 속으로 빨려 들어가기 시작했다.

의자도, 시체도.

그리고 스텔라도.

"……."

나는 억지로 입을 다물었다.

지금 여기서 목 놓아 그녀의 이름을 부르는 건 오히려 위험하다.

나도, 그리고 그녀도.

'참아. 스텔라가 없으면 적도 성물을 건드릴 수 없어. 함부로 죽게 놔두진 않을 거다.'

이윽고, 검게 물든 지면에서 무언가 불쑥 튀어나왔다.

그것은 젊은 남자였다.

"……."

남자는 자신이 만들어낸 검은 기운과는 대조적으로, 새하얀 신관복을 걸치고 있었다.

하지만 두 눈이 검게 물들어 있었다.

전체적으로 매우 기괴한 인상이었다.

그러자 단상 위의 신관이 소리쳤다.

"저자입니다! 저자가 이 악적들의 대장입니다!"

"…대신관."

남자는 무거운 목소리로 말했다.

"그만 포기해라. 마비를 걸어도 의미는 없다. 더 이상 널 도와줄 사람은 어디에도……."

남자는 잠시 침묵하다 고개를 치켜들었다.

"…넌 누구지?"

나는 대답 대신 컴팩트 볼을 날렸다.

콰과과과과과과과광!

압축된 오러의 구체는 남자의 얼굴 가운데를 정통으로 명중하며 폭발을 일으켰다.

하지만 남자는 꼼짝도 하지 않았다. 바닥에 가득 펼쳐진 검은 기운이 한데 뭉쳐 남자의 몸을 보호하고 있었다.

'저건 또 뭐지?'

확실한 건 오러가 아니라는 것.

나는 곧바로 남자의 몸을 스캐닝했다.

이름: 파난 겔브레스

레벨: 21

종족: 레비그라스인

기본 능력

근력: 238(191)

체력: 213(204)

내구력: 613(133)

정신력: 84(78)

항마력: 602(561)

특수 능력

오러: 0

마력: 0

신성: 382(516)

저주: 417(558)

각인: 전이(중급)

마법: 신성(18종류), 저주(12종류)

축복 효과: 근력 상승(중급), 체력 상승(중급), 체력 유지(중급), 내구력 상승(중급), 정신력 상승(중급), 항마력 상승(중급)

마법 효과: 어둠의 망토

＊　　　＊　　　＊

그것은 지금까지 한 번도 본 적 없는 타입의 적이었다.

오러와 마력이 전혀 없는 대신, 신성과 저주 스텟만 엄청나게 높다.

무엇보다 눈길을 끄는 건 저주 스텟이다.

'어떻게 저주 스텟이 558이나 될 수 있지?'

분명 엄청나게 많은 사람을 죽였을 것이다.

하지만 저주 스텟은 '같은 방식'의 악덕으로는 상승 폭의 한계가 온다.

그렇다면 일부러 세상에 존재하는 수없이 다양한 악행들을 찾아내서 섭렵한 걸까?

'하지만 저렇게 높은 저주 스텟을 가지고도 정상적인 활동이 가능한가? 미쳐도 당장 미쳤을 것 같은데? 그리고 어째서 내구력이 저렇게 높은 거지?'

나는 수많은 의문에 휩싸였다.

남자는 낮은 목소리로 다시 물었다.

"넌 누구지?"

"적이다."

나는 짧게 대답했다.

그것만으로도 충분한 설명이 되었으리라.

그러자 상대도 짧게 말했다.

"적이군. 나는 파난 겔브레스다."

목소리도, 말투도, 분위기도, 쉽게 재단할 수 없는 깊은 경륜이 느껴진다.

하지만 정작 나이는 나와 비슷해 보였다.

윤이 나는 검은 머리카락과 주름 하나 없이 건강한 갈색 피부.

기껏해야 20대 중반 정도일까?

겔브레스는 검게 물든 눈으로 날 노려보았다.

"내려올 생각은 없나?"

"……."

"없나 보군."

겔브레스는 곧바로 오른팔을 들어 올렸다. 동시에 그의 주변에 깔려 있는 검은 기운에서 무언가가 솟구쳐 올랐다.

'의자?'

쉬이이이이이익!

검은 기운에 감싸인 의자가 엄청난 속도로 날아온다.

나는 샹들리에를 가볍게 밀치며 반대쪽으로 몸을 날렸다.

동시에 샹들리에와 충돌한 의자가 사방으로 검은 파편을 뿌리며 폭발을 일으켰다.

콰과과과과과광!

폭발은 강렬했다.

내가 쓰는 컴팩트 볼 정도의 위력일까?

나는 공중에서 몸을 회전하며 지면에 착지했다. 겔브레스는 뻣뻣한 목을 당기며 내 쪽으로 걸음을 옮겼다.

"내려왔군."

그러고는 자신의 양옆으로 검은 기운을 일으켜, 그 안으로 부터 죽은 두 남자의 시체를 꺼냈다.

"이 두 사람, 네가 죽인 건가?"

내 손에 의해 처참히 갈라진 두 남자의 시체는 겔브레스가 가진 정체불명의 힘에 의해 억지로 봉합된 상태였다.

'대체 저 검은 기운의 정체가 뭐지? 스텟창에 있던 '어둠의 망토'인가?'

나는 다시 한 번 스캐닝을 하며 적의 능력을 자세히 살폈다.

[어둠의 망토 — 저주 마법. 대상의 육체에 '영구한' 형태의 저주가 걸린 상태. 효과는 자유자재로 움직일 수 있는 검은 기운을 다루게 된다. 부작용은 주기적으로 저주 스텟이 계속 오른다.]

'뭐? 저주 스텟이 계속 오르는 게 부작용이야?'

실로 당황스러운 효과다.

겔브레스는 걸음을 멈추며 말했다.

"스캐닝은 이제 안 된다. 내가 크로아크의 성물을 파괴했으니까. 정확히는 이 여자가 파괴했지만."

"이 여자?"

"그래, 이 여자."

겔브레스는 또 다른 검은 기운을 뭉쳐 그 안에서 스텔라를 꺼내 보였다. 나는 자신도 모르게 스텔라가 있는 쪽으로 한 발을 내디뎠다.

그러자 적은 그녀를 다시 어둠 속으로 감췄다.

"포기해라. 내가 있는 이상, 너는 이 여자를 절대 죽일 수 없다."

그것은 오해였다.

물론 나로선 바람직한 오해다. 당분간은 그렇다고 해두는 것이 스텔라의 안전에 도움이 되겠지.

겔브레스는 내 몸을 위아래로 살피며 말했다.

"색을 보니 1단계 소드 익스퍼트인데 어떻게 로반테와 페올을 동시에 잡을 수 있지?"

나는 대꾸하지 않았다. 대신 적의 스텟창에 표시된 모든 세부 사항을 체크하며 정보를 모았다.

'강한 건 확실하다. 하지만 스텟만 보면 왜 강한지 모르겠어. 저 어둠이 망토가 스텟 이상의 위력을 발휘할 수 있게 해

주는 것 같은데⋯⋯.'

겔브레스는 자연스럽게 품속에서 병 하나를 꺼내 들었다. 그러고는 병 속의 알약을 하나 꺼내 입안에 집어넣으며 말했다.

"실례. 지병이 있어서."

'지병?'

"그래. 피차 대화를 할 형편은 아닌 것 같군. 그럼 시작하지."

겔브레스는 무표정한 얼굴로 고개를 푹 떨어뜨렸다.

그 순간, 적을 중심으로 지면에 퍼져 있는 검은 기운이 파도처럼 몸을 일으켰다.

우우우우우웅!

그리고 자신이 흡수했던 모든 것을 단숨에 내 쪽으로 방출하기 시작했다.

특히 시체를.

*　　　　*　　　　*

그것은 지금까지 내가 본 모든 무기 중에 가장 끔찍한 무기였다.

시체.

심지어 마치 살아 있는 것처럼 꿈틀거리는 시체다.

'저주 마법인가?'

저주에는 이미 죽은 시체나 해골을 강제로 부리는 마법이 있다.

그것을 전문적으로 다루는 것이 바로 네크로맨서 클랜이다. 나는 그쪽에 수업을 받고 있는 빅맨을 떠올리며 오러 브레이크를 발동시켰다.

콰과과과과과과광!

곧바로 날아오던 십여 구의 시체가 오러의 폭발에 휘말리며 사방으로 터져 나갔다.

그것은 끔찍하지만 익숙한 광경이었다. 나는 조각난 시체의 파편을 뚫으며 앞으로 전진했다.

'적은 내구력이 대단히 높다. 정면에서 공격으로 뚫을 수 있을까?'

나는 단숨에 겔브레스의 정면으로 육박한 다음, 다짜고짜 칼을 내려찍었다.

하지만 칼은 적의 몸을 감싼 어둠의 기운을 자르지 못했다.

우우우우우우웅!

대신 기분 나쁜 소음이 사방으로 퍼졌다.

겔브레스는 몸을 살짝 웅크리며 말했다.

"엄청난 힘이군."

그와 동시에 나는 유일하게 어둠의 기운이 열려 있는 적의 얼굴을 향해 찌르기를 날렸다.

우우우웅!

하지만 어둠의 기운은 동작 감지 센서라도 달린 듯, 즉각 반응하며 적의 안면 전체를 보호했다.

짧은 순간 내지른 네 번의 찌르기가 전부 막혔다.

반응이 굉장히 빠르다.

동시에 사방에서 또 다른 어둠의 기운이 나를 향해 내리꽂혔다. 그것은 마치 거인의 주먹을 연상시켰다.

'위험해!'

나는 전력으로 백 덤블링을 하며 그것을 피했다.

콰아아아아아아앙!

총 여섯 개의 주먹이 서로 충돌하며 사방으로 힘의 폭풍을 일으켰다.

우우우우우우웅!

그 탓에 나는 더 빠르게 뒤로 날아갔다.

하지만 융단처럼 지면에 깔린 어둠의 기운은 쉴 새 없이 새로운 주먹을 만들어 내 쪽으로 공격을 날렸다.

피하고, 피하고, 피하고, 그리고 막았다.

파지지지지지지직!

급하게 만든 오러 실드가 단 한 방에 박살 나며 사방으로 흩어진다.

'망할!'

동시에 내 왼팔을 후려치며 몸 전체를 옆으로 날려 버렸다.

엄청난 힘.

그리고 대단히 빠른 속도.

콰과과과광!

나는 한순간에 반대편 벽까지 날아가 그곳에 처박혔다.

'노바로스의 힘으로 강화된 건 기본 스텟뿐이다. 오러는 1단계 소드 익스퍼트 그대로야. 오러 실드의 내구력은 차이가 없다.'

그래서 한 방에 박살 난 것일 테지.

그렇다면 내가 믿을 것은 결국 강화된 기본 스텟을 활용한 육박전뿐이었다.

그 순간, 바닥에 깔린 검은 기운 위로 수십 구의 시체가 솟구쳐 올라왔다.

동시에 모든 시체가 입을 벌리며 동시에 말했다.

"보이디아."

보이디아?

처음 듣는 단어였다. 동시에 시체들의 몸에 새롭게 검은 기운이 스며들기 시작했다.

순간 시체들의 눈에 검은 기운이 일렁였다.

그리고 동시에 내 쪽으로 질주하기 시작했다.

구오어어어어어!

기분 나쁜 소리를 지르면서…….

• 53장 •
시체와 춤을

'시체 조종 자체는 강력한 마법이 아니지만…….'
나는 빅맨에게 들었던 이야기를 떠올렸다.

"시체 조종은 급이 올라갈수록 더 강한 시체를 다룰 수 있게
된다고 한다. 결국 생전에 얼마나 강한 시체였느냐가 중요한 마법
이다."

다행히 당장 몰려오는 시체들은 그렇게까지 강하지 않았다.
대부분 하급 신관, 혹은 급이 낮은 병사들이다.
문제는 시체들의 몸을 감싸고 있는 검은 기운.

물론 겔브레스의 몸을 감싼 것처럼 두껍진 않다.

그렇다 해도 시체에게 높은 내구력과 근력을 부여해 주는 건 변함없다.

나는 몰려오는 시체들을 하나씩 '산산조각' 내며 겔브레스의 움직임을 주시했다.

'내가 어설프게 시체를 베어봤자, 녀석은 다시 베인 시체를 봉합해서 조종한다. 최대한 봉합하지 못하게 박살 내며 시간을 끌면 저주 스텟이 소모될 거야.'

하지만 거의 소모되지 않았다.

저주: 412(558)

거의 쉰 구의 시체를 박살 냈다.

하지만 소모된 적의 저주 스텟은 고작 5뿐이었다.

세상에 이렇게 효율이 좋은 마법이 있단 말인가?

그리고 저 많은 시체는 대체 어디서 솟아 나오는 걸까?

'대체 어떤 메커니즘이지? 시체를 흡수해서 다른 차원에 보내놓고 자유자재로 꺼내 쓰는 건가?'

알 수 없다.

확실한 건 적이 시체가 아니라 의자 같은 평범한 물건도 흡수한다는 것.

그리고 살아 있는 인간도.

'스텔라……'

나는 빠르게 판단해야 했다.

여기서 강제로 적의 숨통을 끊어버릴 경우, 검은 기운 속에 갇힌 스텔라의 생사가 불분명해진다.

나는 그것을 허용할 수 있을까?

나는 그녀를 위해 어디까지 희생할 수 있을까?

"가능하면 나를 세뇌로부터 더 빨리 깨워줘. 내가 수만 명의 사람을 죽이기 전에, 내가 죄책감에 사로잡혀 아무것도 하지 못하기 전에……."

나는 스텔라의 마지막 목소리를 떠올렸다.

그리고 이를 악물었다.

결론은 단순했다.

나를 희생하는 것은 결코 그녀를 위한 일이 될 수 없다.

우리는 서로를 위해 서로를 희생한다는 것이 불가능하다. 가장 우선하는 목표가 따로 있으니까.

그 순간, 적이 새로운 시체 두 구를 꺼냈다.

로빈데와 페욜.

"보이디아……."

두 시체는 또다시 정체불명의 단어를 언급하며 내 쪽으로 몸을 날렸다.

파란빛의 오러까지 발동시킨 채.

'오러?'

이미 죽은 시체인데 오러를 발동시키고 있다.

거기에 추가적으로 검은 기운을 두르고 있다.

'오히려 생전보다 더욱 강해진 게 아닐까?'

협공을 당하면 위험할지도 모른다.

그래서 그전에, 왼쪽에 있는 적을 향해 내가 먼저 돌진했다.

로반테.

폭사당한 몸이 검은 기운으로 누더기처럼 붙어 있다.

"보이디아아아아아!"

녀석은 입으로 피를 뿌리며 칼을 휘둘렀다.

속도는 생전과 비슷하다. 하지만 기세는 더욱 흉흉하다.

나는 돌진과 동시에 몸을 숙이며 그 공격을 피했다.

그리고 몸 전체로 녀석의 가슴팍을 들이받았다.

파지지지지지지직!

몸 전체로 강렬한 오러의 반발이 느껴진다.

물론 내가 더 강하다.

녀석의 몸에서 오러의 파편이 사방으로 튄다. 나는 충돌 순간 밀려난 간격을 이용해, 그대로 칼을 수평으로 휘둘렀다.

푸확!

단 일격에 녀석의 허리가 반으로 잘라졌다.

하지만 잘린 상체가 들썩이며 다시 고정된다.

'검은 기운!'

함께 절단되었던 검은 기운이 다시 들러붙으며 육체를 고정시켰다.

"보이디아!"

녀석은 같은 말만 반복하는 로봇처럼 소리를 질렀다.

그리고 칼을 휘둘렀다.

푸른 오러와 검은 기운이 함께 어린 칼을.

"큭!"

부우웅!

나는 뒤꿈치로 땅을 박차며 그것을 피했다.

동시에 녀석도 지면을 박차며 내 쪽으로 몸을 날렸다.

그와 동시에 또 다른 적인 페올도 내 바로 옆까지 육박했다.

나는 다시 한 번 오러 브레이크를 발동시켰다.

콰과과과과과과과광!

노란빛의 오러가 칼날 주위로 방출되며 순간적으로 폭발을 일으켰다.

일단 적들을 밀어내고 거리를 벌려야 한다. 하지만 두 적은 뒤로 밀려남과 동시에 다시 내 쪽으로 튕겨지듯 접근했다.

마치 오뚝이처럼.

'어째서?'

이유는 간단했다. 사방에 깔린 검은 기운이 녀석들의 몸을 지면에 고정시키고 있다.

마치 두껍고 질긴 고무줄처럼.

엄청난 능력이다.

하지만 반대로 약점이기도 했다. 저것만 자르면 더 이상 검은 기운의 효과를 받지 못할 테니까.

부웅!

나는 먼저 로반테가 휘두른 칼을 피했다.

그리고 몸을 낮게 숙이며 녀석의 다리를 베어버렸다.

촥!

잘린 순간, 검은 기운이 다시 절단면을 봉합하려 했다.

하지만 그보다 먼저 내가 몸을 날려 녀석의 몸을 들이받았다.

콰직!

적의 늑골이 산산조각으로 으스러지는 소리가 들렸다.

동시에 날려진 포탄처럼 뒤쪽으로 날아갔다.

검은 기운과 절단된 채로.

그리고 나는 날아가는 적을 향해 컴팩트 볼을 날렸다.

콰과과과과과과과광!

이번에는 효과가 있을까?

확인할 시간은 없다. 곧바로 다른 적을 상대해야 하니까.

"보이디아!"

디올의 시체는 똑같은 구호를 외치며 미친 듯이 칼을 휘둘렀다.

엉성하다.

하지만 위협적이다. 자신을 전혀 돌보지 않은 공격이라 기세에 거침이 없다.

죽은 자는 고민이 없다.

'그리고 생각도 없지.'

나는 빠르게 뒷걸음치며 녀석의 공격을 피한 다음, 마지막으로 몸을 회전하며 녀석의 허리를 베었다.

촤아아악!

동시에 왼손에 미리 만들어놓은 컴팩트 볼을 녀석의 가슴에 직접 먹였다.

콰아아아아아아아아아앙!

직격을 맞은 적의 상체가 하체와 분리되며 반대편으로 하릴없이 날아간다.

방금 자신의 눈으로 목격했을 텐데도 전혀 방비하지 않는다.

나는 곧바로 도약하며 날아가는 녀석의 상체를 추격했다.

'일단 검은 기운이 없는 곳으로 보낸다.'

검은 기운은 예배당의 중앙에 서 있는 겔브레스를 중심으로 절반에 달하는 범위에 퍼져 있다.

그래서 나는 녀석의 상체를 다시 한 번 발로 차 날렸다.

푸확!

검은 기운이 깔리지 않은 반대편 벽까지.

콰아아앙!

그리고 벽에 처박힌 녀석의 몸을 향해, 어깨부터 온몸을 들이받았다.

콰지지지지지직!

적은 완벽하게 으스러졌다.

그것은 내 평생에 있어 가장 끔찍한 감촉이었다.

녀석은 나를 향해 자신이 뿜어낼 수 있는 거의 모든 액체를 뿜어냈다.

하지만 액체는 내 몸에 닿기 전에 수증기로 변하며 증발했다.

치이이이이익!

나는 여전히 이글거리는 화염에 뒤덮인 상태였다.

노바로스의 강화.

'하지만 지속 시간이 얼마 안 남았다.'

기껏해야 3분쯤 남았을까?

나는 여전히 예배당의 중앙을 장악하고 있는 겔브레스와 검은 기운을 노려보며 스스로의 스텟을 확인했다.

핵심은 마력이었다.

마력: 303(403)

노바로스의 강화를 발동시키는 데 정확히 마력 스텟 100이 소모됐다.

앞으로 세 번 더 발동시킬 수 있을 것이다.

그 순간, 겔브레스가 또다시 어둠의 기운으로 만든 주먹들을 내 쪽으로 날렸다.

부우우우우우웅!

나는 전력을 다해 지면을 박차며 그것을 피했다.

'공수 겸용에 되살려 낸 시체까지 강화한다. 너무 강력한 힘 아닌가?'

아직 모든 것을 알아내진 못했다.

그럼에도 불구하고 이 검은 기운이 가진 특징 중에 가장 악랄한 것은 바로 자기 복원력이었다.

지금 내게 필요한 건, 그 복원력과 동시에 적이 가진 압도적인 내구력을 단숨에 무력화시킬 화력이다.

나는 여전히 예배당의 단상에서 서 있는 대신관을 향해 소리쳤다.

"알아서 피하세요! 죄송합니다!"

이 정도면 알아들었겠지.

그 와중에도 젤브레스는 거대한 주먹을 만들어 미친 듯이 나를 향해 내려찍었다.

콰과과과과과과광!

벽이 무너지고, 바닥이 파이고, 예배당 전체가 흔들린다.

검은 기운은 예배당의 절반까지만 퍼져 있지만, 그것으로 만들어낸 주먹은 끝까지 날아온다.

이대로는 건물 자체가 오래 견디지 못할 것이다.

물론 무너진다고 해도 큰 상관은 없다. 이곳에 있는 인간은 이미 대부분 죽었으니까.

그 순간, 단상의 대신관이 자신의 몸에 투명한 방어 마법을 두르는 것이 보였다.

'좋아.'

그것은 하나의 신호였다. 나는 곧바로 마음속으로 불의 정령왕을 떠올렸다.

'노바로스의 파도!'

그 순간, 온 세상이 붉은색으로 뒤덮였다.

*　　　　*　　　　*

불의 정령왕의 힘은 총 세 가지였다.

파도.

방벽.

강화.

그중에 실제로 사용하거나, 혹은 한 번도 본 적이 없던 것은 오직 파도뿐이다.

그저 막연히 상상만 했다. 불길로 만들어진 파도가 적을 향해 휘몰아치는 광경을.

하지만 실제 마법은 그보다 훨씬 강렬했다.

폭은 약 30미터.

높이는 약 20미터.

그리고 길이는… 정확히 모르겠다. 예배당 벽을 뚫고 밖으로 나가 버렸으니까.

대충 100미터 정도일까?

어쨌든 그 정도 넓이의 공간 전체가 순식간에 빽빽한 불길로 꽉 찬다.

말하자면 이건 작은 바다를 만드는 과정이다.

불의 바다.

그다음, 불의 바다에서 파도가 치기 시작했다.

푸화아아아아아아아악!

만들어진 불의 바다 전체가 미친 듯이 흔들리며 휘몰아쳤다.

과장을 많이 보태자면 태양의 표면이 이런 느낌일까?

그 끔찍한 불길 속에서 오직 나만이 평안하게 모든 것을 지켜볼 수 있었다.

모든 게 불타오른다.

주변에 널브러져 있던 박살 난 의자나 시체들은 이미 재조차 안 남기고 사라졌다.

예배당 바닥에 쫙 깔려 있던 검은 기운도 마찬가지였다.

오직 중심부에 있던 겔브레스만이 온몸을 웅크린 채 검은 기운 속에서 끝까지 견뎌냈다.

그러다 몸부림치기 시작했다.

"……"

비명 소리는 들리지 않았다.

작열하는 불의 파도 속에서는 다른 그 어떤 소리도 퍼질 수 없었다.

내가 만든 것은 지상에 강림한 불의 지옥이었다.

약 10초 정도.

그리고 지옥이 사라진 순간, 엄청난 연기와 함께 폭풍 같은 바람이 휘몰아쳤다.

휘이이이이이이이이이잉!

그것은 뻥 뚫린 벽 너머로부터 불어오는 바람이었다.

"후아⋯⋯."

나는 멍하니 한숨을 내쉬었다.

이것은 내 예상을 훨씬 뛰어넘는 화력이다.

하지만 화력에 취해 정신을 놓고 있을 때가 아니었다.

완전히 텅 빈 예배당의 중심부에 여전히 검은 기운에 휩싸인 인간이 웅크리고 서 있었다.

겔브레스.

하지만 작아졌다.

정확히는 그의 몸을 감싼 검은 기운이 작아졌다.

예배당의 절반을 커버하던 압도적인 위용은 온데간데없이, 그저 자신의 몸을 겨우 감쌀 만큼 축소된 상태였다.

나는 즉시 녀석을 향해 돌진했다.

"방금 그건⋯⋯."

녀석은 멍한 얼굴로 붕어처럼 뻐끔거렸다.

'일단 죽인다.'

나는 각오를 다지며 녀석의 정수리를 향해 칼을 내리그었다.

그런데 바로 그 순간.

푸확!

녀석의 온몸에서 엄청난 기세로 검은 것들이 쏟아져 나왔다.

뼈.

검게 탄 뼈가 셀 수 없을 정도로 미친 듯이 뿜어져 나온다.

"큭!"

마치 폭포와도 같은 기세에, 나는 일시적으로 뒤로 밀려날 수밖에 없었다.

하지만 그걸로 끝이 아니었다. 사방에 쫙 깔린 끝도 없는 뼈들이 서로 뭉치며 인간의 형태를 만들기 시작했다.

콰득! 콰득!

콰드드드드득!

순식간에 수백 구의 해골이 겔브레스의 주변을 가득 메웠다.

'스켈레톤!'

나는 이를 갈며 녀석을 쳐 날렸다.

그나마 다행인 것은 스켈레톤 하나하나의 힘은 별 볼 일 없다는 것이다.

고작해야 겨우 각성한 오러 유저 정도의 힘일까?

나는 넉가래로 눈을 치우듯, 한 번에 십여 마리의 스켈레톤을 눈앞에서 지워 버렸다.

그렇게 시계를 확보한 순간, 눈앞에 여자가 보였다.

'스텔라.'

나는 순간적으로 경직되었다.

겔브레스는 한 손으로 스텔라의 허리를 껴안고, 다른 한 손으로는 뼛조각을 들어 바닥에 뭔가를 그려놓았다.

별 모양의 마법진.

'텔레포트 게이트?'

"스스, 이곳에 마력을 주입해라."

겔브레스는 완전히 쉬어버린 목소리로 명령했다.

그러자 스텔라가 고개를 끄덕였다.

"네. 알겠습니다, 신관님."

그와 동시에 마법진에서 빛이 번뜩였다.

찰나의 순간이었다. 뒤늦게 움직인 나는 이미 텅 비어버린 마법진 속으로 들이닥치며 소리쳤다.

"잠깐!"

하지만 이미 사라졌다.

'즉석에서 텔레포트 게이트를 만들어내다니……'

텔레포트 게이트를 만드는 것.

그것이 바로 '전이'의 각인 능력이다.

하지만 이렇게 빠르게 만들 수 있는 것인 줄은 몰랐다.

겔브레스가 사라지자, 그가 만든 해골들이 힘을 잃고 다시 뼛조각으로 분해되었다.

나는 이를 갈며 뻥 뚫린 벽 너머를 노려보았다.

"대체 어디로……."

그때 오른쪽으로 누군가의 기침 소리가 들렸다.

예배당의 단상이 있는 곳.

"대신관님!"

나는 깜짝 놀라며 그쪽으로 달렸다.

'노바로스의 파도는 내 예상보다 강력했다. 거의 예배당 내부를 꽉 채웠던 것 같은데…….'

문제는 대신관이 아니라 성물이다.

나는 지구인이다.

영혼은 물론이고, 육체도 지구인이다.

그리고 지구인은 신의 성물에 손을 댈 수 있다.

결국 내가 발동시킨 힘이라면 성물을 파괴할 수 있다는 말이다.

"성물은! 성물은 어떻게 됐습니까!"

"쿨럭… 쿨럭……."

대신관은 성물이 있는 자리를 몸으로 덮은 채, 연신 기침을 하고 있었다.

"으음… 괜찮은 것 같네. 내가 지키고 있었으니까."

대신관은 그제야 겨우 고개를 들며 초췌한 얼굴을 보여주었다.

"혼란을 틈 타… 그 지구인이 성물을 파괴하러 올지 몰라서… 내가 이렇게 몸으로 덮고 있었네. 하지만 그럴 필요는 없던 것 같군."

대신관은 새까맣게 변한 예배당의 내부를 살피며 말했다.

"대단하군. 자네의 마법이 너무 강해서… 저 악도들도 함부로 성물을 노리러 오지 못했을 거야. 직격도 아니었는데 이 정도라니… 정말 감사하네."

"아니, 감사는 제가 드려야 할 것 같습니다."

나는 고개를 저으며 대신관의 착각을 정정했다.

"대신관님이 몸으로 성물을 지켜주지 않았다면 큰일 날 뻔했습니다. 방어 마법을 쓰신 건가요?"

"명색이 한 교단의 수장인데, 이 정도는 할 수 있지."

아르마스의 대신관은 힘겹게 웃으며 몸 전체에 투명한 방벽을 펼쳐 보였다.

하지만 무리수였다. 대신관은 힘이 다한 듯, 갑자기 눈을 까뒤집으며 그 자리에 픽 쓰러져 버렸다.

"대신관님!"

나는 재빨리 신관의 몸을 받아내며 바닥에 바로 눕혔다.

'숨은 쉬고 있다. 정신만 잃은 걸까?'

나는 한숨을 내쉬며 몸을 일으켰다.

그러고는 대신관이 온몸으로 지켜낸 성물을 바라보았다.

주머니.

마치 금속과 같은 재질로 만들어진 주머니로부터 은은한

빛이 새어 나오고 있었다.

"이게 성물인가……."

나는 주변을 경계한 다음, 조심스럽게 주머니를 손으로 쥐었다.

'뭐지, 이건?'

그것은 처음 느껴보는 감촉이었다.

금속의 질감을 가지고 있지만 천처럼 구겨졌다.

자체적으로 서늘한 냉기를 띠고 있으며, 무게는 거의 느껴지지 않는다.

그 순간, 눈앞에 새로운 문장이 떠올랐다.

[시공간의 주머니를 획득하겠습니까?]

"네?"

나는 거의 반사적으로 되물었다.

그러자 다시 한 번 새로운 문장이 떠올랐다.

[시공간의 주머니가 획득되었습니다.]
[우주의 돌을 획득하겠습니까?]

"조금만 늦었어도 큰일 날 뻔했군요."

박 소위는 예배당의 벽에 뚫린 거대한 구멍을 보며 탄식했다.

"준장님을 이쪽으로 투입한 게 정답이었습니다. 다른 대신전은 전부 기만책이었습니다."

"다른 대신전에도 적들이 왔었나?"

"왔었습니다. 소수의 기습이긴 했지만요."

박 소위는 전투가 끝난 지 하루 만에 아르마스의 대신전에 도착해 뒤처리를 시작했다. 나는 주변을 경계하는 멀티렌과 마리아를 보며 말했다.

"적도 강자를 보냈다. 로반테와 페올이란 자를 아나?"

"글쎄요… 코바레스!"

"네, 회장님."

마리아는 즉시 달려왔다.

"신성제국의 로반테와 페올이란 자에 대한 정보가 있나?"

"로반테라면… 아마도 워티 로반테를 말씀하시는 거겠죠. 신성제국의 제국 기사단 소속 기사입니다. 등급은 2단계 소드 익스퍼트. 제국에서 꽤 명망 있는 존재입니다."

"그렇군. 페올은?"

"페올이라면 레비의 대신전이 보유한 무력 집단인 '하이 템플러'에 속한 신관 페올이 있습니다. 마찬가지로 2단계 소드 익스퍼트죠. 다만 그 이상의 정보는 없습니다. 정보부에 지시를 내릴까요?"

"아니, 괜찮습니다."

나는 고개를 저었다.

"이미 죽었으니 더 이상의 정보 수집은 필요 없습니다. 조사라면 겔브레스라는 자를 했으면 좋겠군요."

"겔브레스요?"

마리아는 눈을 동그랗게 뜨며 말했다.

"혹시 '보이디아'의 겔브레스를 말씀하시는 건가요? 물론 그 사람 말고 다른 겔브레스가 있진 않겠지만……."

"보이디아?"

그것은 겔브레스가 되살려 낸 시체들이 구호처럼 외치던

단어다.

마리아는 가볍게 헛기침을 하며 불쾌한 표정을 지었다.

"네. 신성제국의 동부에서 무척 유명한 신관입니다. 물론 레비의 신관이죠."

"그게 신관이었습니까?"

나는 헛웃음을 지었다.

"신관 주제에 엄청난 저주 마법을 쓰더군요. 그래도 되는 겁니까?"

"…겔브레스가 여기에 왔습니까?"

마리아는 혀를 내두르며 고개를 저었다.

"그런데 용케 살아남으셨군요. 역시 회장님의 연인… 아니, 인연의 그분이시군요."

"…좀 더 자세히 말씀해 주십시오."

"제국의 동부에는 여러 소국이 존재했습니다. 공통점이라면 제국의 지배는 인정하지만, 레비의 대신전이 부리는 횡포에는 저항하는 세력이었죠."

"그런데 과거형이군요."

"네. 이젠 없으니까요."

마리아는 눈살을 찌푸렸다.

"약 40년쯤 전에 대부분 멸망했습니다. 그리고 멸망을 주도한 것이 바로 겔브레스입니다. 겔브레스 혼자서 소국을 하나씩 멸망시켰죠."

"혼자서 나라를⋯ 그렇군요. 물리치긴 했지만 골치 아픈 적이었습니다. 그런데 그자가 다루던 검은 기운은 대체 뭡니까? 정보가 있습니까?"

마리아는 잠시 생각하다 대답했다.

"검은 기운이라면 아마도 어둠의 망토일 겁니다. 저도 보고서로 읽은 것뿐이지만요."

"그건 어떤 마법입니까?"

"마법이 아닙니다. 이쪽은 극비 정보인데⋯⋯."

마리아는 눈을 흘기며 박 소위의 눈치를 보기 시작했다. 박 소위는 한쪽 어깨를 으쓱이며 고개를 끄덕였다.

"말하게. 여기에 우리 말고 들을 사람도 없으니까."

"알겠습니다. 어둠의 망토는 최근 100년 전까지는 전설로만 전해지는 저주였습니다."

"저주요?"

그러고 보니 스캐닝을 통해 세부 사항을 펼쳤을 때 그런 내용이 적혀 있긴 했다.

마리아는 고개를 끄덕이며 설명했다.

"저주 스텟이 어디로부터 오는지, 또 저주 마법의 근원이 어디인지에 대해서는 논란이 많죠. 확실한 건 '보이디아'라는 차원이 저주의 핵심이라는 겁니다."

"차원? 지구처럼 다른 차원 말입니까?"

"네. 일반적으로는 알려져 있지 않습니다. 하지만 고위 저주술사들 사이에선 유명하죠. 저주 마법에 있어 궁극의 진리로 통하는 차원이라고 합니다. 자세한 건 전혀 밝혀져 있지 않지만요. 하지만 예로부터 드물게 그런 일이 벌어졌던 것 같긴 합니다."

"그런 일이라면?"

"누군가 보이디아 차원에 넘어갔다가, 다시 레비그라스로 돌아오는 일 말입니다."

마리아는 심각한 표정을 지었다.

"대부분은 오랜 시간 동안 전설 같은 이야기라고 치부되었죠. 하지만 겔브레스의 등장으로 현실이 되었습니다. 여러 정황과 수집한 정보를 종합해 볼 때… 겔브레스의 힘은 보이디아 차원에 빠졌을 때 걸린 저주로부터 비롯된 게 확실합니다. 무엇보다 그의 사령술을 목격한 사람들의 증언을 봐도 말이죠."

"시체들이 '보이디아'라고 소리를 치더군요."

"네. 실장님은 직접 경험하셨겠군요."

마리아는 쓴웃음을 지으며 고개를 끄덕였다.

"그래서 보이디아 차원입니다. 전설로 치부되던 과거의 모든 문헌이 사실이라고 하면… 보이디아 차원에 빠진 자는 그것만으로 엄청난 양의 '저주 스텟'을 쌓게 된다고 합니다. 어둠의 망토를 얻는 것과 별개로 말이죠. 높은 저주 스텟 덕분에 자연스럽게 저주 마법을 쓸 수 있게 되고, 그 저주 마법으로 살려낸 언데드는 모두 '보이디아'라는 소리를 낸다고 하구요."

"보이디아라… 아무래도 고유명사인 모양이군요. 뭔가 뜻이 있는 단어라면 언어의 각인으로 해석이 될 테니까요."

"아무래도 그렇겠죠. 아무튼 알려진 건 별로 없습니다. 전설에 따르면 보이디아에 빠진 지 수십 년 만에 돌아온 사람이 있는데, 그는 아예 어둠의 망토에 휩싸여 인간의 형태를 잃었다고 합니다. 덩치도 어마어마하게 커졌다고 하고, 상상을 초월하는 힘을 가지고 있었다고 하네요."

"네?"

그 순간, 나는 등줄기에 소름이 돋는 것을 느꼈다.

어둠의 망토.

그것을 처음 본 순간, 나는 엄청난 불쾌감과 원인 불명의 공포를 느꼈다.

"처음 본 게 아니었어……."

나는 나지막한 목소리로 중얼거렸다.

그리고 고개를 들어 박 소위를 바라보았다. 박 소위의 표정 역시 나와 비슷하게 어두워진 상태였다.

"처음 본 게 아니었다니, 그게 무슨 말씀이신가요?"

마리아가 물었다. 나는 고개를 저으며 대답했다.

"아니, 아무것도 아닙니다. 그보다도 글라시스 회장님?"

"아… 그래. 고맙네, 코바레스 양. 이제 됐으니 잠시 자리를 비켜주지 않겠나?"

"알겠습니다. 그럼……."

마리아는 군말 없이 뒤로 물러났다.

박 소위는 목소리를 낮추며 심각한 목소리로 말했다.

"보이디아에 관한 것은 단편적으로만 알고 있었습니다. 글라시스의 기억으로 말이죠. 하지만 이렇게 다시 설명을 들으니……."

"우주의 매연통."

"네. 우주 괴수 차원 아닐까요?"

우리는 동시에 마지막 귀환자들을 떠올렸다.

우주 괴수.

전장이 200여 미터에 달하는, 부정형(不定形)의 검은 괴물.

"아직 확실하진 않아. 하지만 내가 봤던 그 겔브레스의 힘은 우주 괴수의 형태와 꽤나 비슷했다. 어쩌면 그 둘이 같은 차원이 아닐까?"

"하지만 겔브레스 본인은 확실히 인간이었죠?"

"인간이었네. 역시 차원에 빠졌던 시간 때문이라던가?"

반면 우주 괴수 차원에서 돌아온 인간들은 말 그대로 그냥 괴물이 되어 있었다.

그들은 귀환 순간 딱 한 번만 지구인이었을 당시의 자신의 이름을 밝힌다.

그러고는 눈에 보이는 모든 것을 무차별적으로 공격했다.

레비그라스 차원의 귀환자든, 초과학 차원의 귀환자든, 순수한 지구인이든 간에 가리지 않고.

"그래서… 실제로 붙어보신 소감은 어떻습니까?"

박 소위가 마른침을 삼키며 물었다. 나는 바로 어제 이곳에서 벌어졌던 혈투를 떠올렸다.

"물론 약하지. 우주 괴수에 비하면 말이다."

"하지만 겔브레스는 레비그라스 차원에서 거의 손꼽히는 강자입니다. 워낙 파괴적이라 기록이 많지 않아서 그렇지… 자유 진영이 정한 신성제국의 블랙리스트 상위 10위권에 들어 있을 겁니다."

그러자 한참 떨어진 곳에서 마리아가 불쑥 소리쳤다.

"6위예요!"

"고맙네!"

박 소위는 목소리를 더욱 낮추며 말했다.

"제국 황제, 그리고 아크 메이지 자매를 제외하면 사실상 세 손가락에 드는 강자입니다."

"음… 3단계 소드 익스퍼트보다 강한 건가?"

"강할 겁니다. 물론 비교 우위일 뿐입니다. 실전 사례는 없으니까요."

박 소위는 한숨을 내쉬며 고개를 저었다.

"어쨌든 당황스럽군요. 물론 그런 강자를 준장님이 물리쳤다는 건 환영할 만한 일입니다만… 우주 괴수 차원이 이곳 레비그라스와 어떤 식으로든 연결되어 있다는 건 끔찍한 소식입니다."

"나도 그렇게 생각하네. 그런데 어떻게 하면 우주 괴수 차원, 그러니까 보이디아 차원에 빠질 수 있는 거지?"

"그건 마리아도 모를 겁니다."

박 소위는 뒤를 힐끔 돌아보며 말했다.

"하지만 저는 생각이 있습니다."

"말해보게."

"준장님 덕분에 떠오른 가설입니다만, 분명 연관이 있을 겁니다."

"나?"

박 소위는 고개를 끄덕였다.

"준장님은 스캐닝을 최상급으로 높이지 않으셨습니까? 그리고 다른 각인 능력도 말입니다. 그래서 기존에 없던 특수한 효과를 손에 넣으셨죠."

"그래, 그런데?"

"하지만 전이의 각인은 받지 못하셨죠."

"당연히 받을 수가 없지. 각인당에서 안 파니까."

"네. 전이의 각인사는 레비의 대신전에서 탄생하고, 신성제국은 각인사가 외국으로 나가는 걸 금지하고 있습니다."

"전이의 각인을 받으려면 무조건 신성제국에 가야 한다는 이야기군."

"그렇습니다. 그리고 제 생각엔… 이 모든 게 '전이'의 최상급 능력으로부터 비롯된 것 같습니다."

박 소위는 한층 더 목소리를 낮췄다.

"뱅가드에서 호텔을 공격당했을 때, 준장님은 적들의 근처에 일렁이는 공간이 있다고 하셨죠? 그 공간에서 정체불명의 광선이 나와서 준장님을 카라돈 산맥까지 날려 버렸다고 하셨고 말입니다."

"그래. 정확히는 불의 동굴로 날려 버렸지."

"제 생각엔 그게 바로 상급 전이 능력이 아닐까 싶습니다."

나는 그때의 기억을 떠올리며 고개를 끄덕였다.

"그렇군. 그래서?"

"마찬가지로 신성제국은 대량의 지구인을 레비그라스로 강제 소환 했습니다. 아마도 이게 '최상급' 전이 능력이겠죠. 그리고 이것의 응용으로… 레비그라스인을 또 다른 차원인 보이디아의 차원으로 날려 버린 게 아닐까요?"

그것은 확실히 생각해 볼 만한 이야기였다.

"…그러니까 네 말은 신성제국에서 일부러 겔브레스를 보이디아 차원으로 보냈고, 거기서 힘을 얻은 다음 다시 불러왔다, 이건가?"

"네. 분명 겔브레스 말고 수많은 희생자가 있었을 겁니다. 유일한 성공 케이스가 겔브레스 아닐까요?"

"과연……."

나는 납득하며 고개를 끄덕였다.

어쨌든 그걸로 겔브레스의 힘과 우주 괴수의 힘의 유사성을 설명할 수 있다.

하지만 그렇다고 뭔가 새로운 대책이 생기는 건 아니었다. 그저 위기감이 한층 더 증폭될 뿐.

나는 헛기침을 하며 말했다.

"그렇다면 해야 할 일이 하나 더 생겼군."

"네. 수용소의 지구인들을 해방하고, 동시에 최상급 전이 능력을 가진 자를 제거해야 합니다."

"반드시 제거해야 해. 그가 남아 있으면 또다시 지구인들이 강제로 납치당할 테니까."

"네. 거기에 우주 괴수 차원과의 위험한 연결도 막아야 하고 말입니다."

"…혹시 누가 최상급 전이 능력을 가졌는지, 그에 대한 정보는 없나?"

"확실한 정보는 없습니다. 하지만 유력한 후보는 있습니다. 레빈슨입니다."

"레비의 대신관 말이군. 이름 정도는 들어본 적이 있네."

박 소위는 고개를 끄덕였다. 나는 한숨을 내쉬며 등 뒤의 단상을 바라보았다

"이름값을 한다, 이건가? 아르마스의 대신관도 그만큼 특별한 존재라면 얼마나 좋았을까……."

"그나마 이곳의 대신관은 실력이 뛰어난 편입니다. 적어도 자신의 몸으로 성물을 지켜내지 않았습니까?"

"그랬지. 그런데 이대로 가져가도 상관없나?"

나는 품속에 넣어둔 시공간의 주머니를 살짝 꺼내 보였다.

"이게 없어지면 아르마스의 대신전 자체의 의미가 사라지는 것 아닌가?"

"어차피 아르마스의 대신전은 끝장입니다. 다 죽었으니까요. 각지에 퍼져 있는 소신전에서 신관들이 속속 도착하고 있습니다만……."

박 소위는 의미 없다는 얼굴로 고개를 저었다.

"이미 로낭 왕국과는 이야기가 끝났습니다. 그들도 이번 습격으로 뼈저리게 느꼈을 겁니다. 자신들의 힘으로는 신성제국의 공격으로부터 성물을 지킬 수 없다는 사실을 말이죠. 안전을 위해 저희들이 성물을 가지고 돌아가는 것에 동의했습니다."

"빠르군. 혹시 돈으로 매수했나?"

"그럴 필요까지도 없었습니다."

박 소위는 어깨를 으쓱였다.

"아르마스의 성물이 파괴되면 누구보다 자신들에게 더 큰 피해가 돌아오니까요. 로낭 왕국은 중립국의 이점을 살려 양대 세력의 무역 거점 역할을 하고 있습니다. 수많은 사람이 각자 수십 개의 언어를 사용하며 장사를 하고 있는데… 갑자기 언어의 각인이 사라지면 어떻게 되겠습니까?"

"망하겠지."

나는 쓴웃음을 지었다.

그리고 그때, 규호가 컹, 하고 소리를 내며 예배당 안으로 들어왔다.

"대장! 도시 순찰 끝내고 왔어! 어? 진성이 형도 왔네?"

"수고했다, 규호야."

나는 손을 뻗어 규호의 어깨를 두드리며 물었다.

"도시에 남은 적은 찾아냈고?"

"응. 싹 훑었더니 곳곳에 거점을 만들고 숨어 있더라고."

규호는 자신의 검은 코를 가리키며 씩 웃었다.

"신성제국의 신관들은 다들 몸에서 비슷한 냄새가 나거든. 괴상한 향신료 냄새 같은 거. 싹 찾아서 싹 쓸어버렸어."

"앞으로 규호가 상당히 도움이 되겠군요. 가뜩이나 스캐닝이 사라진 세상이니 말입니다."

박 소위는 자랑스러운 표정으로 규호를 올려다봤다.

"다음에는 뱅가드에 가서 수색 작업을 시켜야 할 것 같습니다. 거기도 엄청난 규모의 지하 조직이 있을 테니까요."

"헤헤, 내 코만 믿으라고."

규호는 우쭐하며 고개를 끄덕였다. 나는 세 사람이 모두 모인 김에 문제의 이야기를 꺼냈다.

"그런데 이건 너희들만 알고 있어라. 신성제국에서 성물을 파괴하기 위해 보낸 지구인이 스텔라였다."

"네?"

"뭐?"

"…목소리를 낮춰라. 가능한 사람들이 모르는 편이 좋을 테니까."

나는 귀가 밝은 마리아를 의식하며 말했다.

"확실히 스텔라였다. 내가 기억하는 것보다 많이 젊어 보였지만, 물론 시기를 생각하면 그게 당연하겠지."

"그런 말도 안 되는… 우연치고는 너무 기이한 것 아닙니까?"

박 소위가 탄식하며 물었다. 나는 고개를 끄덕이며 대답했다.

"나도 그렇게 생각한다. 뭔가 이유가 있겠지. 사실 하루 종일 그것만 생각했다."

"하루 종일? 캑! 대장! 설마 다시 활활 불타오르는 건 아니겠지?"

규호가 놀리듯 혀를 쭉 내밀었다.

"그 아줌마, 그래도 얼굴은 반반했으니까. 거기에 이젠 젊어지기까지 했으니 막 불끈불끈하는 거 아냐?"

"규호야, 말을 좀 가려 해라."

박 소위가 눈살을 찌푸리며 곧바로 주의를 주었다.

"할 말이 있고 안 할 말이 있는 거다. 지금 여기가 그런 말을 할 분위기냐?"

"에고, 누가 알맹이는 진성이 형 아니랄까 봐."

규호는 눈을 흘기며 고개를 돌렸다. 나는 짧게 한숨을 내쉬며 말했다.

"내가 하루 종일 생각한 건… 어째서 그 많은 지구인 중에 하필 스텔라인지다. 그리고 어느 정도는 답이 나온 것 같다."

그리고 다시 한 번 아르마스의 성물을 꺼냈다.

"이 물건의 이름은 '시공간의 주머니'라고 한다."

"이게 따로 이름이 있었습니까?"

박 소위는 신중한 표정으로 손을 뻗었다.

하지만 그의 손은 주머니에 닿지 못한 채 그대로 지나갔다.

마치 홀로그램처럼.

하지만 내 손에는 그대로 쥐어져 있었다. 규호도 신기하다는 듯 손가락을 내밀어 주머니가 있는 곳을 찌르기 시작했다.

"와, 정말 아무것도 안 닿네? 무슨 환영 같은데?"

"그런데 시공간의 주머니라니… 왜 그런 이름인지 모르겠군요. 이건 조화의 신인 아르마스의 성물인데 말입니다. 아르마스의 대신관이 그렇게 말했습니까?"

"아니, 대신관은 아직도 의식 불명이다."

나는 조심스레 주머니의 입구를 열며 말했다.

"사실 나도 그게 궁금했다. 시공간의 신은 크로아크니까. 그래서 주머니 안을 좀 살펴봤는데… 보이나?"

그리고 두 사람에게 주머니의 안을 보여주었다.

"뭡니까, 이건?"

먼저 박 소위가 당황하며 말했다.

"어째서 이 조그만 주머니 안에… 저런 광활한 공간이 펼쳐져 있는 겁니까?"

"와, 신기한데? 이거 무슨 입체 영상이야? 주머니 안에 밤하늘 같은 게 보여! 그리고 반짝이는 게 있는데……."

규호는 대뜸 입구 속으로 손가락을 집어넣었다.

물론 만져지는 것은 아무것도 없으리라. 나는 규호의 손가락을 위로 살짝 치우며 대신 내 손을 집어넣었다.

"이름 그대로다. 이 주머니 속에는 엄청난 공간이 존재해. 그런데 정작 들어 있는 건 하나다.

나는 주머니 속에 있는 유일한 물건을 움켜쥐었다.

그것은 수정이었다.

정확히 말하면 수정처럼 보이는 정체불명의 금속이다. 나는 그 수정의 일부를 주머니 밖으로 살짝 꺼내며 말했다.

"이게 바로 진짜 아르마스의 성물이다. 시공간의 주머니는 성물이 아니라 성물을 보관하는 금고인 셈이지. 내가 상상도 못 할 기술로 만들어진 것 같다. 아니, 상상도 못 할 마법일까?"

"눈으로 보기엔… 수정 같군요."

박 소위는 눈을 가늘게 뜨며 성물을 살폈다.

"그런데 무겁지 않으십니까? 안쪽에 엄청 큰 덩어리와 이어져 있는데… 다 꺼내면 크기가 얼마나 되는 겁니까?"

"끄집어낼 수 없을 만큼 크다. 혼자일 때 억지로 잡아당겨 봤는데, 일정량 이상이 주머니 밖으로 나오면 갑자기 무거워진다. 곧바로 놓긴 했지만 어림잡아도 수십 톤은 될 것 같다."

"수십 톤이라니……."

박 소위는 혀를 내둘렀다.

주머니 밖으로 빠져나온 건 말 그대로 거대한 수정의 극히 일부일 뿐이었다.

나는 박 소위에게 물었다.

"그런데 박 소위, 혹시 다른 모든 성물도 외관상은 이 주머니와 똑같이 생겼나?"

"네. 그렇습니다. 모두 이렇게 생긴 주머니죠."

"그럼 진짜 성물은 다들 주머니 속에 들어 있겠군. 그리고 이건 내 생각인데… 성물 중에 '회귀의 반지'가 있을 것 같다."

"네?"

박 소위는 멍한 얼굴로 한참 동안 침묵했다.

"하, 하지만… 성물은 수천 년 전부터 각자의 자리에 있었습니다. 그런데 회귀의 반지는, 음… 못해도 20년 전에 만들어진 것 아닙니까?"

"전생의 기준으로 하면 그렇지. 지금을 기준으로 하면 몇 달 전일 테고."

"그런데 어떻게 그게 가능합니까? 회귀의 반지는 언제나 만들어진 순간으로 돌아가지 않습니까?"

나는 고개를 저으며 말했다.

"속은 거야."

"네?"

"회귀의 반지는 언제나 만들어진 순간으로 돌아간다. 우린

이 이야기를 어디에서 들었지?"

"그야 물론……."

"쳇, 누구긴 누구야, 그 아줌마지."

그러자 규호가 눈살을 찌푸리며 투덜거리기 시작했다.

"난 처음부터 의심했다고. 그 아줌마, 분위기도 그렇고 뭔가 꿍꿍이가 있었어. 결국 나중에 우리 모두를 속였잖아? 회귀의 반지에 대한 이야기도 다 그 아줌마가 구라 친 거였어!"

"전부는 아니다."

나는 규호의 말을 정정했다.

"일단 회귀 자체는 됐으니까. 자신의 몸으로 돌아간 게 아니란 건 문제지만."

"하지만 준장님, 어째서 그렇게 확신하실 수 있습니까?"

박 소위는 이해할 수 없다는 얼굴로 물었다.

"스텔라가 진실을 말했는지도 모르잖습니까? 그리고 다른 주머니 속에 회귀의 반지가 정말 들어 있을지는……. 물론 확인해 보면 되겠지만, 어쨌든 진짜 있을지 없을지는 열어보지 않고서는 알 수 없습니다."

"난 알 수 있어. 왜냐하면……."

나는 손에 쥐고 있는 수정을 스캐닝하며 말했다.

"설명에 그렇게 나와 있거든."

*　　　　*　　　　*

이름: 우주의 돌

종류: 성물

특수 효과: 소유자를 생명 활동이 불가능한 공간에서 생존하게 해준다. 지식의 팔찌, 광속의 정수, 각인의 권능, 회귀의 반지와 함께 레비그라스 차원의 다섯 신의 성물 중 하나

*   *   *

신성제국은 성물을 파괴하기로 결심했다.

분명 빛의 신의 성물을 제외한 다른 모든 성물을.

그리고 성물을 파괴하려면 반드시 지구인이 필요하다.

그래서 스텔라가 뽑혔다.

수용소에 있는 수백 명의 지구인 중에 하필이면 그녀가 뽑힌 것이다.

하지만 이건 전혀 이상한 일이 아니었다.

"그저 처음에 스텔라가 뽑힌 것뿐이다."

나는 쥐고 있던 수정을 놓으며 시공간의 주머니를 닫았다.

"성물을 파괴하기 위해 뽑힌 스텔라가 파괴 작업 도중에 주머니 속에 들어 있던 회귀의 반지와 접촉한 거지."

"…네?"

"어제 이곳에서 벌어진 일이 전생에도 똑같이 벌어진 거다.

물론 그때는 내가 없었겠지. 하지만 다른 누군가가 내 역할을 대신해서 신성제국의 공세를 막아냈다."

"아……."

"스텔라는 언어의 각인을 가지고 있었으니 확실해. 물론 스캐닝도 가지고 있었으니… 전생에는 시공간의 신인 크로아크의 대신전 습격도 실패했다."

"하지만 이번엔 성공했고 말입니까?"

"그래. 역사가 변한 원인은 분명 우리일 거다. 아마도 가장 큰 영향력을 끼칠 수 있던 건… 박 소위, 너다."

"제가 말입니까?"

"정확히는 네 육체인 글라시스 회장이지."

나는 박 소위의 몸을 가리키며 말했다.

"순수한 글라시스 회장이 존재하던 세상에는 크로아크의 대신전 습격이 실패했다. 어쩌면 그때 글라시스 회장이 크로아크의 대신전에 있던 게 아닐까? 블룸과 멀티렌과 마리아가 신성제국의 공격을 막아낸 거겠지. 물론 실제로 무슨 일이 벌어졌는지는 아무도 모른다. 오직 스텔라만 알고 있겠지."

"아……."

박 소위는 연신 신음 소리를 내며 고개를 끄덕였다.

"지금 스텔라 말고, 전생에 저희들의 동료였던 바로 그 스텔라 말씀이군요?"

"그래. 지금은 대체 누구 몸에 들어가 있는지 모르지만. 어쨌든 스텔라가 여기 온 건 우연이 아니라 필연이라는 거다. 당연히 벌어질 일이 다시 반복된 것뿐이지."

"그렇다면 신성제국은 또다시 대신전을 공격하겠군요? 안에 회귀의 반지가 들어 있는 성물이 보관된 대신전을?"

박 소위는 이제 내 말을 완벽하게 이해했다. 나는 고개를 끄덕이며 말했다.

"우리들의 존재로 인해 새로운 변수가 발생하지 않는 한, 분명히 다시 공격해 올 거다."

하지만 규호는 고개를 저었다.

"저기요? 나는 지금 무슨 소리 하는지 하나도 모르겠는데요?"

"…그냥 일어날 일이 일어난 것뿐이라고 생각하면 돼. 중요한 건 지금부터다."

나는 시공간의 주머니를 품속에 집어넣었다.

그 순간, 뭔가 이상한 기분이 들었다.

지금 이곳에 있는 세 명은 전부 회귀자다.

그리고 어제 재회했던 스텔라도.

그런데 뭔가 달랐다. 나는 잠시 고민하다 그 원인을 깨닫고는 입술을 깨물었다.

나는 박소위를 보며 물었다.

"…박 소위, 우린 모두 회귀자겠지?"

"네? 물론입니다."

"응? 새삼 무슨 소리 하는 거야?"

규호가 커다란 눈을 껌뻑였다. 나는 스텔라를 스캐닝했던 기억을 떠올리며 말했다.

"그런데 왜 스텔라만 '회귀자'란 칭호가 있었을까?"

"무슨 말씀이십니까? 칭호라니요?"

"그러니까… 내 스캐닝은 상대의 '종족'까지 보인다. 그리고 뭔가 특별한 경우엔 그것까지 함께 칭호로 보이지."

"아……."

박 소위는 잠시 생각하다 고개를 끄덕였다.

"그러니까 인간이라든가, 엘프라든가, 워울프라든가 말입니까?"

"그래. 인간은 지구인과 레비그라스인까지 구분되어 보인다. 그런데 스텔라는 여기에 '회귀자'란 칭호가 추가로 붙어 있었어."

"물론 스텔라도 회귀자니까요. 아니, 잠깐."

박 소위는 순간 헉 하며 말했다.

"지금 스텔라는 우리가 아는 그 스텔라가 아니지 않습니까? 그런데 회귀자라구요?"

"그래. 그렇다면 결국 우리가 아는 스텔라는… 자기 자신의 몸으로 회귀한 거다."

동시에 침묵이 찾아왔다.

침묵을 깬 것은 규호였다.

"뭐야, 그 아줌마! 왜 그 아줌마만 자기 몸으로 회귀하는데! 누군 멍멍이 몸속으로 회귀하고! 이거 겁나 불공평한거 아냐!"

"잠시만요, 준장님. 만약 그렇다 해도 그 칭호는 이상합니다."

박 소위는 심각한 얼굴로 말했다.

"스텔라가 자기 자신의 몸으로 회귀했다… 그건 좋습니다. 하지만 저나 규호, 준장님에겐 그 칭호가 없다고 하지 않으셨습니까? 왜 스텔라에게만 그런 칭호가 붙는 겁니까? 다 같은 회귀자인데?"

"모르겠다."

나는 고개를 저었다.

만약 스캐닝했던 그 순간에 이 문제를 깨달았다면 좋았을 것을.

그랬으면 '회귀자'란 칭호를 더 상세하게 확인할 수 있었을 것이다.

하지만 지금으로선 더 이상의 추리가 불가능했다. 나는 다음번을 기약하며 한숨을 내쉴 수밖에 없었다.

그때 회랑 쪽에서 불쾌한 냄새가 풍겨 왔다.

같은 냄새를 맡은 박 소위가 눈살을 찌푸리며 말했다.

"아직 회랑의 시신을 수습하고 있는 모양입니다. 서둘러 하라고 했지만 워낙 시체가 많아서……."

"썩고 있네. 지금 썩고 있어."

규호도 킁킁거리며 인상을 찌푸렸다. 나는 끔찍했던 회랑의 풍경을 떠올리며 말했다.

"나도 도와서 치우려고 했다. 하지만 살아남은 신관들이 결사반대하더군. 부디 새로운 적이 올 때를 대비해서 체력을 온존하라며……."

"생존한 아르마스의 신관은 스무 명도 안 됩니다. 제 부하들이 돕지 않는다면 시체를 처리하는 데만 몇 달이 걸릴 겁니다."

"그렇겠지. 그런데……."

나는 문득 한 사람을 떠올리며 물었다.

"수습한 시체는 어떻게 하나?"

"이야기를 들어보니 화장을 할 모양입니다. 대신전 뒷마당에 구덩이를 파고 거기에 시체를 모으고 있더군요."

"신성제국 쪽의 시체는?"

"그건 따로 모아야겠죠. 같이 화장하면 고인을 모독하는 행위가 될 겁니다."

"그렇겠지."

이번에는 신성제국에서 동원한 전투원의 숫자도 상당했다. 아직 정리가 끝나지 않았지만, 시체만 봐도 대략 백여 명은 넘을 듯했다.

나는 고개를 끄덕이며 말했다.

"혹시 지금 바로 뱅가드에 연락을 할 수 있나? 빅맨을 이곳으로 불러오고 싶은데."

"빅맨이라면… 네크로맨서 클랜에 다니는 동료분 말입니까? 알겠습니다."

박 소위는 군말 없이 고개를 끄덕였다.

그리고 나는 이곳이야말로 빅맨의 특별한 능력을 발휘할 수 있는 최적의 장소라고 생각했다.

[시체 흡수(특수) ─ 시체를 흡수해서 저주 스텟의 최대치를 높인다. 높아지는 스텟양은 흡수한 시체가 생전에 쌓은 업보에 따라 달라진다.]

'동시에 빠르게 성장도 할 수 있을 거다. 그런데…….'
나는 예배당 한쪽에 임시로 모아놓은 거대한 뼈 무덤을 바라보며 생각했다.
'혹시 저 엄청난 뼈도 시체 흡수가 가능할까?'

*   *   *

가능했다.
이틀 후, 아르마스의 대신전에 도착한 빅맨은 엄청난 기세로 연고 없는 시체와 뼈를 흡수하기 시작했다.
"기분은 좀 어떻습니까?"
나는 구덩이에서 걸어 나오는 빅맨을 향해 물었다.
빅맨은 예나 지금이나 무뚝뚝한 얼굴로 짧게 대답했다.
"딱히."
딱히 변화는 없는 듯했다. 나는 한때 시체로 가득했던 구덩이 속을 보며 한숨을 내쉬었다.

"깨끗해진 건 좋지만… 냄새는 여전하군요."

"나는 익숙하다. 클랜에서 몇 번 해봤다."

클랜은 뱅가드에 있는 네크로맨서 클랜을 말하는 것이리라.

"그보다 주한, 너도 대단하다."

위로 올라온 빅맨은 간이 테이블에 놓인 물수건으로 손을 닦으며 말했다.

"이런 엄청난 일을 태연하게 시킨다. 평범한 인간이 아니다."

"만만한 일은 절대 아니겠죠. 하지만 네크로맨서 클랜에서 이미 해보셨다면서요?"

"그건 시체 하나였다. 하나, 하나를 아주 가끔씩 흡수했다. 그런데 이건 수십 개다. 아니, 수백 개일지도."

빅맨은 또 다른 구덩이에 가득 쌓인 뼈를 바라보았다.

"이런 광경은 제정신으로 보기 힘들다. 물론 우리 모두 평범하진 않지만. 그래도 넌 언제나 태연하다. 어떻게 그럴 수 있지?"

"저도 처음엔 몸서리쳤습니다."

나는 발치에 떨어진 뼈를 주워 구덩이에 던지며 말했다.

"그런데 하도 많이 봐서 익숙해졌죠. 제가 미래에 대해 말씀드리지 않았습니까?"

"…말했지."

빅맨은 고개를 끄덕이며 뼈가 가득 찬 구덩이에 한 발을 들이밀었다.

"그런 미래는 안 된다. 막아야 해."

"네. 반드시 막을 겁니다."

"그런데 나는 계속 뱅가드에 있었다. 이래도 괜찮나? 다른 사람들은 너를 따라가서 오러를 수련했다고 하던데?"

빅맨은 자신이 뒤쳐진 게 불안한 듯했다. 나는 상관없다는 듯 웃으며 고개를 끄덕였다.

"물론 다들 꽤 강해졌습니다. 하지만 어쩔 수 없죠. 당신은 네크로맨서 클랜에 일이 있어서 오지 못하신 것 아닌가요?"

"그래. 어쩔 수 없었다."

빅맨은 뼈 무더기에 양손을 갖다 대며 말했다.

"클랜에 높은 사람들이 몰려왔다. 세 명."

"높은 사람요?"

"장로들, 이라고 한다. 우단이 불렀다."

우단은 뱅가드에 있는 네크로맨서 클랜의 저주술사다. 빅맨은 가볍게 헛기침을 하며 말을 이었다.

"내가 특이해서, 우단이 반드시 윗사람들에게 내 마법을 보여줘야 한다고 했다. 그래서 함께 따라 못 왔다. 하지만 저주 마법, 그렇게까지 강하지 않다. 오러에 비하면."

빅맨은 한숨을 내쉬었다.

그리고 본격적으로 뼈를 흡수하기 시작했다.

까드드드드드득…….

아무렇게나 겹쳐진 수천 개의 뼈들이 동시에 울리며 소리를 낸다.

그사이, 검은 기운에 휘감긴 빅맨의 양손이 뼈 무더기 속으로 빨려 들어갔다.

'아니, 빨려 들어간 게 아니라 그곳의 뼈가 사라진 거야.'

그것은 비현실적인 광경이었다.

빅맨의 양손은 마치 진공청소기 같았다.

손이 닿는 곳에 있는 뼈들을 모조리 빨아들이며, 천천히 앞으로 전진한다.

그 때문에 위쪽에 쌓인 뼈가 무너져 빅맨의 몸을 덮치기도 했지만, 그는 아무렇지도 않게 묵묵히 작업을 이어나갔다.

그렇게 구덩이에 쌓인 모든 뼈를 흡수하는 데 약 5분의 시간이 필요했다.

"…끝났다."

빅맨은 다시 구덩이 밖으로 걸어 나오며 말했다.

"천막으로 가려놔서 다행이다. 이 광경을 사람들이 보면 놀랄 테니까."

"네. 제가 지시해서 만들어놨습니다."

아르마스 대신전의 뒷마당에는 사방이 막힌 거대한 천막이 펼쳐져 있었다.

대신전은 이미 각지에 파견되어 있던 백여 명의 신관이 돌아와 뒷수습 작업에 한창이었다.

그런 그들이 빅맨의 '시체 흡수' 과정을 지켜본다면, 분명 경기를 일으키며 난리를 칠 테지…….

"하지만 시체는 사라졌다. 나중에 어디로 사라졌냐고 물으면 어떻게 하지?"

빅맨이 물었다. 나는 한쪽 어깨를 으쓱이며 대답했다.

"상관없습니다. 그냥 알아서 잘 처리했다고 하죠, 뭐."

"그런가……."

빅맨은 무표정한 얼굴로 또 다른 구덩이를 바라보았다.

당장 이 천막 안에만 여섯 개의 구덩이가 파여 있다.

적의 시체는 총 백여 구에 불과했지만, 젤브레스가 마지막에 쏟아놓고 가버린 해골의 숫자가 어마어마했다.

하지만 이건 약과였다.

다른 쪽에는 사망한 아르마스의 신관과 병사들의 시체를 모아놓은 서른 개의 구덩이가 있다.

그리고 지금 이 순간에도 구덩이에서 불길이 치솟고 있다.

나는 천막 안까지 새어 들어오는 매캐한 냄새를 맡으며 말했다.

"아무튼 괜찮습니다. 빅맨, 당신은 당신 나름대로의 역할이 있을 테니까요. 그보다도 저주 마법의 수련은 어떻게 되었습니까? 클랜의 장로까지 찾아올 정도라면 엄청난 성취가 있었나요?"

"성취는 단 하나다."

빅맨은 또 다른 구덩이에 있는 시체를 보며 말했다.

"지금 여기서 보여줘도 될까?"

"혹시 끔찍한 겁니까?"

"물론 끔찍하다. 하지만 주변에 피해는 안 끼쳐."

"그렇다면야……."

나는 고개를 끄덕였다. 빅맨은 시체를 향해 오른손을 내밀며 말했다.

"이건 '시체 조종술'이라고 한다. 저주술사, 그중에서도 네크로맨서 계열의 가장 기본적인 마법이다."

순간 빅맨의 오른손에 검은 기운이 번지기 시작했다.

그것은 겔브레스가 다루던 기운과는 전혀 다른 느낌의 검은색이었다.

겔브레스의 검은 기운은 마치 새까만 고무나 타르 같은 느낌이라면, 빅맨의 검은 기운은 공장 굴뚝에서 새어 나오는 매연과 비슷한 느낌이었다.

즉, 연기다.

이윽고 검은 연기가 목표한 시체의 몸을 휘감기 시작했다.

그리고 시체의 몸속으로 빨려 들어가듯 사라졌다.

그와 동시에 시체가 벌떡 몸을 일으켰다.

"으……."

보고 있자니 신음 소리가 절로 나왔다.

"단순한 시체 조종술이면 문제가 없다. 하지만 내 시체 조종술은 뭔가 다르다."

빅맨은 손 근처에 서려 있는 검은 연기를 꽉 움켜쥐며 말했다.

"이제 저 시체는 독립적으로 움직인다."

"네?"

"내가 따로 조종하거나 명령을 내리지 않아도 자체적으로 판단해서 움직인다. 내가 계속 마력을 주입하지 않아도 스스로 활동에 필요한 최소한의 마력을 공기 중에서 확보한다. 물론 필요 이상으로 소모되거나 하면 힘을 다해 쓰러지지만."

"그 무슨……"

시체는 비틀거리며 구덩이 속을 걷기 시작했다. 나는 등줄기에 소름이 돋는 것을 느끼며 물었다.

"그럼 보통은… 저렇게 안 되는 겁니까?"

"보통은 그냥 네크로맨서의 명령에만 따른다. 그리고 마법의 제한 시간이 있다. 30분이 지나면 마법이 풀린다."

"그런데 당신이 만들면 30분이 지나도 안 풀린다?"

"따로 파괴되지 않는 한 계속 유지된다. 뱅가드의 클랜 건물에는 아직도 내가 살려낸 시체가 걸어 다니고 있다."

"굉장하군요. 아니, 굉장히 기괴하다고 할까……"

그사이, 움직이는 시체는 주변에 있는 다른 시체의 몸에 묶여 있는 칼집을 뽑아 들고 칼처럼 휘두르기 시작했다.

"저건 왜 저러는 겁니까?"

"보통은 생전에 하던 행동을 한다. 특히 죽기 전에 하던 일을."

"그럼 당신이 조종할 수 없는 겁니까?"

"물론 조종도 가능하다."

순간 시체가 칼집을 내려놓으며 박수를 치기 시작했다.

짝짝짝……

"마음속으로 명령을 내리면 그걸 따른다. 계속해서 어떤 행동을 할지 정해놓을 수도 있다. 이제 저건 힘을 다할 때까지 계속 박수를 친다."

"대단하군요. 하지만 일단 멈춰주시면 감사하겠습니다."

그러자 시체가 박수를 멈췄다.

나는 가슴을 쓸어내리며 말했다.

"저주 스텟과 시체만 충분하면 군단을 만들 수도 있겠군요. 저거… 언데드라고 할까요? 언데드 병사 하나를 만드는 데 저주가 얼마나 소모됩니까?"

"25 정도."

"영구적인 효과치고는 소모량이 적군요. 그리고 보니 시체 흡수로 저주 스텟이 얼마나 올랐나요?"

"모른다."

빅맨은 무심하게 고개를 저었다.

"스캐닝이 사라졌다. 그래서 알 수 없다."

"확실히… 하지만 저는 가능합니다."

나는 곧바로 빅맨을 스캐닝했다.

이름: 게오르게 투란

레벨: 3

종족: 지구인

기본 능력

근력: 61(63)

체력: 67(70)

내구력: 42(43)

정신력: 18(23)

항마력: 37(37)

특수 능력

오러: 56(56)

마력: 0

신성: 0

저주: 98(98)

각인: 언어의 각인(중급)

저주 마법: 현기증(하급), 본 스피어(하급), 시체 조종술(하급),

시체 흡수(특수)

나는 빅맨의 스텟을 천천히 살피며 물었다.

"여기 오기 전에 저주 스텟의 최대치가 어느 정도였습니까?"

"스캐닝이 사라지기 전에 마지막으로 체크했을 때는 67이었다."

"그럼 그 사이에 31이 높아진 거군요. 음… 괜찮으면 다시 시체를 더 흡수해 주시겠습니까?"

"그래."

"지금처럼 말고, 천천히 한 구씩 해주십시오."

"…알겠다."

빅맨은 군말 없이 내 지시에 따랐다. 나는 스캐닝을 연속으로 사용하며 빅맨의 스텟의 변화를 실시간으로 확인했다.

세 구의 시체를 흡수하자, 최대치가 1이 더 높아졌다.

그리고 여섯 구의 시체를 흡수한 순간, 빅맨은 갑자기 비틀거리며 뒤로 물러났다.

"이건……."

"아, 걱정 마세요. 레벨 업을 한 것뿐입니다."

"…레벨 업?"

"저주 스텟이 100을 채워서 기본 스텟이 올라간 겁니다. 그러니까… 대부분의 기본 능력이 8 정도 높아졌군요."

오러에 비하면 낮고, 마력에 비하면 높은 상승 폭이다. 빅맨은 금방 진정이 된 듯 고개를 마구 휘저으며 몸을 들썩였다.

"정말 그런 것 같군. 힘이 좀 더 강해진 게 느껴진다."

"지금 속도라면 시체 세 구당 저주 스텟 1이 높아집니다. 이곳에 있는 모든 시체와 해골을 흡수하면… 못해도 오늘 한 번 더 레벨 업을 하겠군요."

"그거 좋군."

"그런데 괜찮으십니까?"

나는 빅맨의 안색을 살피며 물었다.

"정신적으로… 미칠 것 같다든가? 갑자기 사람을 막 죽이고 싶어진다든가? 정신 오염의 위험이 높아지지 않습니까?"

"딱히."

빅맨은 무표정하게 고개를 저었다.

"난 원래 그랬으니까, 이제 와서 큰 상관은 없다."

"네?"

"난 원래 싫은 놈들을 죽이고 싶었다. 하지만 안 죽였지. 죽였다간 쇠고랑 찰 테니까. 하지만 여기서는 경우에 따라선 죽여도 상관없다."

그러고는 고개를 치켜들고 씩 웃었다.

"그런 의미에서 레비그라스는 좋은 세계다."

빅맨이 웃는 건 처음 봤다.

나는 눈살을 찌푸리며 천천히 고개를 저었다.

"부디 함부로 죽이진 마십시오. 아무리 레비그라스라 해도 무고한 사람은……."

"걱정 마라. 죽여 마땅한 놈들만 죽여도 충분하다. 예를 들면… 신성제국의 신관처럼."

"아, 물론이죠. 그거라면 얼마든지 하셔도 됩니다."

나는 웃으며 고개를 끄덕였다. 빅맨은 다시 무표정한 얼굴로 돌아와 남은 시체를 흡수하기 시작했다.

*   *   *

내가 아르마스의 대신전에서 거구의 남자를 육성하는 동안, 바깥 세계에서는 양대 세력의 긴장이 극도로 고조되고 있었다.

자유 진영은 공식으로 성명을 발표하며 신성제국을 비난했다. 박 소위의 말에 따르면, 당장 양 세력의 국경 지역에 병력이 집중되며 일촉즉발의 상황으로 치닫고 있다고 한다.

"당장 전면전이 벌어지진 않을 겁니다. 하지만 상황이 어떻게 돌아갈지는 예측할 수 없습니다."

안티카 왕국으로 돌아가는 길에 박 소위가 말했다. 나는 도시 곳곳에 배치된 경비병들을 보며 물었다.

"만약 대전(大戰)이 시작되면 승산은 어떻게 되나?"

"대부분 5 대 5로 봅니다. 하지만 저는 당장 싸우면 6 대 4 이상으로 자유 진영이 유리하다고 생각합니다."

"어째서? 신성제국엔 소드 마스터가 있지 않나?"

"제국 황제는 전면전에 나서지 못합니다. 건강이 나쁘다는 소문이 있고, 그렇지 않더라도 황제가 맨 앞에 나서 싸우는 건 리스크가 클 테니까요. 전세가 돌이킬 수 없을 정도로 악화되어야 겨우 전장에 모습을 드러낼 겁니다."

"아크 위저드 자매는?"

"일단 언니 쪽인 황태후는 참전이 힘들 정도로 노령입니다. 벌써 10년 이상 자신의 거처인 언페이트의 탑에서 나오질 않고 있습니다. 그리고 동생 쪽인 이시테르는… 이분이 누군지는 알고 계시죠?"

"그래. 내 마법 선생님이지."

난 쓴웃음을 지으며 쭈글쭈글한 이시테르의 얼굴을 떠올렸다.

"단 하루뿐인 선생님이지만. 아무튼 그분은 여전히 현역 아닌가?"

"확실히 그분은 나이에 비해 아직 쌩쌩한 것 같더군요. 하지만 역시 노령은 큽니다. 젊은 시절에는 엄청난 기동력으로 각지의 전장을 누볐다고 합니다만… 지금은 그 정도까진 아닙니다."

"그 밖의 전력은 어떤가? 일단 소드 익스퍼트가 중요하지 않을까?"

"양 세력이 보유한 소드 익스퍼트의 숫자는 자유 진영이 압도적입니다. 거의 두 배가량 됩니다. 다만 차이의 대부분은 1단계 소드 익스퍼트입니다. 2, 3단계는 그렇게까지 차이가 나지 않습니다."

"어쨌든 자유 진영이 유리하다는 거군."

"네. 오히려 신성제국에서 경계해야 할 건 단순한 숫자로 계산할 수 없는 비대칭 전력입니다."

"비대칭 전력? 신성제국이 핵무기라도 보유하고 있나?"

"물론 그건 아닙니다만… 예를 들면 바로 며칠 전에 준장님이 상대하신 겔브레스 같은 자가 있겠군요. 신성제국엔 그런 식의 '규격 밖'의 강자들이 존재합니다."

"그렇군. 그럼 그런 자들까지 포함해서 6 대 4인가?"

"네. 물론 전력 차의 가장 큰 원인은 레비의 대신전입니다."

박 소위는 붕대로 머리를 감고 있는 블룸의 뒷모습을 보며 말했다.

"그들은 여러 가지로 신성제국의 힘을 깎아먹고 있습니다. 당장 이번 경우만 봐도 그렇습니다. 제국이 자랑하는 기사를 포함해서 무수한 전력이 소모됐죠. 분명 비용도 엄청나게 소모되었을 겁니다."

"자칫하면 그 겔브레스도 죽을 뻔했고."

"네. 그리고 강제로 소환한 지구인들을 세뇌하고 훈련시키기 위해 지금 이 순간에도 막대한 전력을 소모하고 있습니다. 당장 전쟁이 터져도 대신전에 묶인 전력은 전선에 나오지 못할 겁니다."

"그렇군. 하지만 그렇다는 건 결국……."

나는 주변을 감싼 경호원들의 눈치를 살피며 극단적으로 목소리를 낮췄다.

"지금 당장 전쟁이 터지는 쪽이 우리의 1차 목표를 달성하기엔 더 좋은 것 아닌가?"

"제 생각도 그렇습니다."

박 소위도 마찬가지로 목소리를 낮추며 말했다.

"일단 전쟁이 터지면 저희들이 따로 수용소를 습격해도 지원군이 오지 못할 테니까요."

"그렇지. 그런데?"

"그런데 지금 당장은 마무리 지어야 할 일들이 있습니다. 최소한 6개월… 아니, 3개월은 더 필요합니다."

박 소위는 손가락 세 개를 쥐었다 폈다 하며 말했다.

"우선 저희들이 전쟁과 상관없이 수용소를 공격하듯이, 레비의 대신전 역시 전쟁과 상관없이 이쪽에 있는 대신전을 또 공격해 올지 모릅니다."

"그렇지. 그건 확실히 대비를 해놓아야 해."

"그리고 준장님의 문제도 있습니다."

"나?"

"제가 단정 지을 문제는 아닙니다만, 준장님은 지금 당장 작전을 시작해도 괜찮으시겠습니까? 물론 그 겔브레스를 퇴치할 정도의 힘을 갖추신 건 대단합니다만……."

결국 아직 수련이 부족하지 않느냐는 말이다. 나는 잠시 생각하다 고개를 저었다.

"아니, 확실히 부족해. 이번에 전투를 치르면서 중요한 문제를 파악했다."

"어떤 문제 말입니까?"

"기본 스텟이 가진 허수랄까? 그동안 마력을 통해 레벨 업을 잔뜩 했다. 오러에 비하면 낮은 수치지만 그래도 기본 스텟을 꽤 높였지."

"물론입니다. 아무리 상승 폭이 적어도 마력 스텟 400이면… 총 16번의 스텟 상승이 있던 거니까요."

"그리고 불의 정령왕의 힘도 얻었다. 아직 네게 자세히 말한 건 없지만… 어쨌든 이것도 기본 스텟을 일정 시간 동안 확 높일 수 있다."

"오러를 발동시킨 것처럼 말입니까?"

"그래. 10분 한정이긴 하지만. 그런데 정작 오러가 낮으면 균형이 안 맞아."

나는 주먹을 가볍게 움켜쥐며 말했다.

"내가 이런저런 수단으로 3단계 소드 익스퍼트를 능가하는 기본 스텟을 확보한다 해도, 정작 쓸 수 있는 오러는 1단계 소드 익스퍼트의 수준뿐이다. 오러 소드나 오러 실드는 물론이고, 컴팩트 볼이나 오러 브레이크도 마찬가지야."

"그건… 확실히 그렇군요."

"전투에는 오러 스텟이 정말 중요해. 어느 정도는 간극을 줄일 필요가 있다. 일단 2단계 소드 익스퍼트가 얼마 안 남았으니 그것부터 달성하고… 어떻게든 3단계까지 노려봐야지."

"네. 저도 그런 이유에서 지금 바로 전쟁이 터지는 건 막으려 합니다."

"3개월 동안 최선을 다해 수련을 쌓아야겠군."

"필요한 게 있다면 뭐든 말씀해 주십시오. 다만 한동안은 제가 직접 찾아뵙기 힘들지도 모릅니다."

"급한 일이 있나?"

"급하기도 하고, 제가 직접 나서야 할 일입니다."

박 소위는 심각한 표정으로 한숨을 내쉬었다.

"왕국 회의에서… 통과가 됐습니다."

"무슨 통과?"

"랜드픽의 해체에 대한 투표가 가결되었습니다. 지금부터 저는 안티카 왕국 정부의 지원을 받아 자유 진영의 2 대 재벌 인 랜드픽을 무너뜨려야 합니다."

· 55장 ·
또 다른 초월체

안티카 왕국으로 돌아오자마자, 박 소위는 즉시 자신만의 전쟁에 돌입했다.

랜드픽이 신성제국과 결탁했다는 증거가 발견되었기 때문에 실제로 전쟁에 터지기 전에 그들을 무력화시키는 것이 중요했다.

만약 그들이 자유 진영 전체에 퍼뜨려 놓은 돈과 권력을 악용한다면 전황이 예상치 못한 수렁으로 빠질 가능성도 있었다.

"핵심은 스카노스입니다."

박 소위는 포인트를 랜드픽의 회장인 스카노스에게 집중했다.

"랜드픽의 모든 권력은 회장인 스카노스에게 집중되어 있습니다. 스카노스가 지시를 내리지 않으면 기업 전체가 마비될 정도입니다. 일단 그를 무너뜨리면 랜드픽 전체가 도미노처럼 무너질 겁니다."

박 소위는 이미 싸움을 시작하고 있었다.

하지만 그건 그의 싸움이었다. 그리고 나는 나의 싸움을 해야 했다.

*　　　　*　　　　*

"젠투의 대신전도, 그리고 파비라의 대신전도 자네가 걱정할 필요는 없네."

팔틱은 하얗게 센 수염을 손으로 쓰다듬으며 말했다.

"젠투는 링카르트 공화국에 있고, 파비라는 안티카 왕국에 있네. 두 나라 모두 강국이야. 지금쯤 상당한 병력을 대신전의 경비에 배치시켜 놓았을 테지."

"하지만 적의 기습도 만만치 않을 겁니다. 아르마스의 대신전에서 무슨 일이 벌어졌는지 말씀드리지 않았습니까?"

"들었네. 하지만 경우가 달라."

팔틱은 분주하게 돌아다니는 엘프들을 바라보며 말했다.

"로낭 왕국은 자유 진영이 아니네. 그리고 무역으로 먹고사는 항구도시야. 다수의 병력이 몰래 잠입하기에 적격이지. 하지만 안티카와 링카르트는 다르네. 적이 대신전의 코앞까지 접근하도록 그냥 놔둘 일은 없어."

"하지만 이젠 스캐닝이 없지 않습니까?"

내가 물었다. 팔틱은 그제야 눈살을 찌푸리며 생각에 잠겼다.

"스캐닝이라… 그래, 확실히 그 문제가 있군. 나는 처음부터 스캐닝을 받지 않아서 생각을 못 했군."

대도시의 검문에 있어서 핵심은 바로 스캐닝이었다.

하지만 스캐닝이라는 각인 능력이 사라진 이상, 강력한 힘을 가진 적들이 몰래 도시에 숨어들어도 즉각 발견해 내는 것은 불가능했다.

안티카 왕국에 돌아온 나는 가장 먼저 엘프들이 새로 자리잡은 숲을 향해 이동했다.

일명 루그란트 숲.

넓은 숲 전체가 박 소위의 사유지인 이곳은, 막 도착한 그레이 엘프들의 새로운 보금자리로 다시 태어나고 있었다.

물론 엘프들의 숫자는 고작해야 수백 명뿐이다. 그들이 차지하는 공간은 숲 전체의 규모로 볼 때 지극히 작은 티끌에 불과했다.

"이 숲은 한적하고 좋은 곳이야. 몇 달 정도 느긋하게 머물면서 오러와 검을 수련하는 게 어떻겠나? 남은 두 개의 대신전 걱정은 잠시 놔두고 말이네."

팔틱이 제의했다. 나는 새롭게 조성되는 엘프들의 마을을 보며 천천히 고개를 끄덕였다.

"확실히… 오러는 다시 수련을 시작해야 할 것 같습니다. 이번 전투에서 얼마나 중요한지 새삼 알게 되었으니까요."

"그건 듣던 중 반가운 소리군. 그럼 바로 시작하겠나? 여기까지 오는 도중에 자네를 훈련시키기 위한 여러 방법들을 생각했네. 금방금방 효과를 볼 수 있을 거야."

"감사합니다, 선생님."

나는 죄를 짓는 기분으로 쓴웃음을 지으며 말했다.

"하지만 당장은 다나랜드에 다녀와야 할 것 같습니다."

"저런, 내가 계속 말하지 않았나? 파비라의 대신전은 걱정할 필요 없다고?"

팔틱은 눈살을 찌푸리며 혀를 찼다.

다나랜드는 안티카 왕국의 수도였다.

그리고 지식의 신인 파비라의 대신전이 있는 도시이기도 했다. 나는 품속에 있는 시공간의 주머니를 느끼며 설명했다.

"대신전을 지키기 위해 가는 건 아닙니다. 일단 확인할 게 있어서요. 그것만 해결되면 곧바로 돌아올 겁니다. 며칠 걸리지 않을 겁니다."

"흐음… 그런가?"

팔틱은 그제야 표정을 풀며 마을 한편에 새롭게 만들어진 순간 이동 게이트를 바라보았다.

"그런 거라면 상관없네. 그냥 다녀오는 거라면 금방이지. 다나랜드만큼 순간 이동 게이트가 촘촘하게 채워진 곳도 없을 테니까."

"죄송합니다. 다녀오면 꼭 다시 수련을 시작하겠습니다."

"알겠네. 며칠이나 걸릴 것 같나?"

"늦어도 닷새 안에는 돌아올 겁니다."

"그렇군. 그럼 난 다시 자네 동료들이나 닦달하도록 하지. 자네만큼은 아니지만 다들 기대되는 인재들이라네."

팔틱은 근처에서 엘프들을 도와 집을 짓고 있는 동료들을 돌아보았다. 나 역시 그들을 보며 고개를 끄덕였다.

"잘 부탁드립니다. 그런데 커티스는 저와 함께 다녀와야 할 것 같습니다."

"커티스만?"

"네. 별거 아닌 일이지만… 그의 힘이 꼭 필요합니다."

*　　　　*　　　　*

사실 다나랜드에 다녀오는 데는 하루면 충분했다.

루그란트 숲과 연결된 텔레포트 게이트는 다나랜드와 가까운 '반트'라는 도시에 있었고, 반트에는 다나랜드와 직결된 장거리 텔레포트 게이트가 존재했다.

하지만 기한을 닷새로 잡은 이유는 따로 있었다. 나는 마을에 새롭게 지어진 통나무집에 들어가 동료들에게 말했다.

"지금부터 저는 의식을 잃을 예정입니다. 아마도 이틀이나 사흘 후면 깨어나겠지만, 어쩌면 그보다 더 걸릴 수도 있습니다."

이미 몇 번 경험했던 일이라 그런 걸까?

동료들은 별다른 반응 없이 고개를 끄덕였다.

"맡겨두라고. 귀찮게 구는 녀석이 있으면 전부 쫓아낼 테니까."

문가에 서 있던 도미닉이 씩 웃으며 말했다. 나는 곧바로 간이침대에 누운 채 스텟창을 열었다.

그때 근처에 있던 빅터가 아차 하며 끼어들었다.

"아, 그러고 보니 다시 만나면 물어볼 게 있었지. 아직 시간이 있나? 기절하기 전에 말해도 될까?"

"네. 말씀하세요."

나는 스텟창을 보며 고개를 끄덕였다. 빅터는 허공을 바라보며 왼쪽 눈을 몇 차례나 깜빡거리며 말했다.

"있던 게 없어지니 불편하군. 스캐닝 말이야."

"스텟을 확인하고 싶으신가요?"

동료들에겐 내가 아직 스캐닝을 쓸 수 있다는 것을 간략하게 설명해 뒀다. 빅터는 가볍게 헛기침을 하며 말했다.

"그래. 일단 지금 확인하고, 내일이든 모레든 정신을 차리면 다시 해주면 좋겠어. 최근에 오러 수련법을 새로 개발한 게 있어서 성능을 테스트하고 싶거든?"

"알겠습니다. 효과 좋으면 저도 알려주세요."

나는 웃으며 빅터의 능력치를 스캐닝했다.

"그러고 보니 전부터 네 스캐닝은 좀 특별하다고 했지? 그 래서 하루에 10번밖에 쓸 수 없다고 하지 않았나?"

창밖을 살피던 커티스가 물었다. 나는 고개를 끄덕이며 말했다.

"네. 어떤 의미론 불량이죠."

"그럼 아껴 써야겠군. 혹시 전투라도 벌어지면 계속해서 자기 스텟이나 상대의 스텟을 확인해야 할 테니까 말이다."

"그건 상관없습니다."

나는 빅터에게 그의 스텟을 불러준 다음, 다시 한 번 스스로를 스캐닝하며 말했다.

"하루 열 번이라고 했지만, 한 번 했던 대상을 다시 하는 건 숫자에 포함되지 않습니다. 그날 하루 동안은요."

"아, 그래? 그럼 열 번이라는 건… 열 사람을 말하는 건가?"

"그런 셈이죠."

아니면 열 개의 물건이라든가.

나는 먼저 스텟창의 가장 아래 있는 퀘스트를 확인했다.

퀘스트1: 회귀의 반지를 파괴하라(최상급)

퀘스트2: 신성제국을 무너뜨려라(최상급)

퀘스트3: 레비교의 대신전을 파괴하라(상급)

퀘스트4: 시공간의 주머니를 획득하라(상급) — 성공!

나는 즉시 '성공!'이란 단어에 의식을 집중했다.

[퀘스트 성공. 보상을 고르시오.]
[보상은 아래 세 가지 중에 하나를 고를 수 있다.]
[1. 기본 능력의 상승]
[2. 특수 능력의 상승]
[3. 각인 능력의 등급 상승]

물론 3번이다.
그러자 곧바로 새로운 창이 떠올랐다.

[현재 등급을 높일 수 있는 각인 능력은 하나다.]
[1. 감정(상급)]

감정을 최상급으로 높이면 어떤 능력이 생길까?
나는 오랜만에 가슴이 뛰는 것을 느끼며 보상을 진행했다.

[감정(상급)을 감정(최상급)으로 등급을 높입니다. 최상급 등급에 도달했으므로, 이 능력은 '초월' 항목으로 넘어갑니다.]

나는 마른침을 삼켰다.

본래대로라면 곧 하늘에서 번개가 내리칠 것이다. 하지만 마지막으로 맵온의 각인을 초월 능력으로 높였을 때는 달랐다.

'실제로 신이… 아니, 초월자가 내 앞에 강림했었지.'

나는 입술을 깨물며 그때의 기억을 떠올렸다.

만약 다시 한 번 초월체를 만난다면 그에게 꼭 묻고 싶은 것이 있었다.

성물이란 정확히 어떤 존재인지.

어째서 성물이 파괴되면 해당되는 신이 내린 모든 각인 능력이 사라지는지.

그리고 어째서 나는 계속 쓸 수 있는 것인지.

'물론 가설은 있다. 하지만 그게 정말인지는 몰라. 본인들에게라면 진실을 들을 수 있겠지.'

나는 초조한 마음으로 초월체의 강림을 기다렸다.

번개가 바로 떨어지지 않은 건 좋은 징조였다.

그리고 잠시 후, 눈앞에 새로운 문장이 떠오르기 시작했다.

[초월 능력 '감정(최상급)'을 획득한 것을 축하한다.]
[초월 능력은 초월체가 인간에게 직접 내리는 각인 능력이다.]
[지금부터 협약에 따라 초월자와 초월체의 접촉을 시작한다.]

그리고 세상의 시간이 멈춰 버렸다.

*　　　　*　　　　*

　오두막집 한쪽 구석의 공간이 일그러졌다.

　그리고 일그러진 공간에서 희미한 빛이 새어 나오기 시작했다. 나는 심장이 옥죄이는 듯한 고통을 참으며 그쪽을 바라보았다.

　"다시… 오셨군요."

　―시간이 없습니다.

　초월체는 모습을 드러내지 않은 채, 다짜고짜 선언했다.

　―우리에겐 시간이 없습니다. 이미 하나를 잃었습니다. 협약은 지켜져야 하지만 필요한 만큼 이 시간을 유지할 수 없습니다.

　"…네?"

　―그러니 말하세요, 초월자여. 처음으로 다섯 개의 초월 능력을 획득한 당신에겐 우리들에게 질문할 권리가 있습니다.

　'뭐지, 이건?'

　전과 뭔가 달라졌다.

　그중에 가장 달라진 건 전에 비해 고통이 많이 줄어들었다는 것.

　처음 초월체와 만났을 때는 마치 내 존재가 지워질 것만 같은 고통을 느꼈다.

　하지만 지금은 위력이 약해졌다. 나는 심호흡을 하며 초월체에게 물었다.

"당신은… 크로아크가 아닙니까?"

―그대가 크로아크라 부르는 초월체는 소멸했습니다.

"네?"

나는 깜짝 놀라며 되물었다.

"소멸한 건 크로아크의 성물 아닙니까?"

―성물, 그것은 우리 초월체의 본질입니다. 형태를 잃은 우리들의 모든 정수를 모아 만든 각자의 분신이자 본체입니다.

나는 심장이 덜컥 내려앉는 것을 느꼈다.

"그럼… 성물이 파괴되면 신도, 아니, 초월체도 죽는다?"

―우리들은 살아 있지 않기에 죽지도 않습니다. 다만 소멸할 뿐입니다.

그렇다면 성물의 파괴와 동시에 해당하는 각인 능력이 사라진 것도 당연했다.

힘을 주는 신, 그 자체가 소멸해 버린 것이니까.

나는 당황하며 물었다.

"그럼… 어째서 저는 스캐닝을 쓸 수 있는 겁니까? 아무리 초월 능력이라 해도 결국 이 힘은 초월체가 내린 걸 텐데……."

―초월 능력은 초월체가 인간에게 직접 내리는 각인 능력입니다. 그것은 초월체의 일부가 인간에게 융합되었다는 것을 의미합니다.

"…네?"

―크로아크는 소멸했습니다. 하지만 그전에 당신을 포함해

몇 명의 인간에게 자신의 일부를 부여했습니다. 즉, 당신은 인간이자 동시에 크로아크의 일부분입니다.

그것은 간단하면서도 충격적인 이야기였다.

―나는 이 땅에 살고 있는 존재들이 '파비라'라는 껍질을 씌워준 존재입니다. 지식을 담당하고 있습니다만 그것 또한 하나의 역할일 뿐이며, 본질은 그저 소멸을 피한 초월체 중 하나일 뿐입니다.

"지식의 신 파비라… 시군요."

―우리 중 하나가 소멸한 탓에 저는 이곳에서 오래 버틸 수 없습니다. 질문하십시오. 뭐든 답하겠습니다. 세 개… 아니, 두 개는 답할 수 있을 겁니다.

초월체는 날 재촉했다.

처음부터 물어보고 싶은 것은 많았다.

하지만 이런 식으로 몰아붙이니 그중에 대체 어떤 질문을 골라야 할지 당황스러웠다.

다행인 건 이미 몇 가지는 답을 알았다는 것이다. 나는 빠르게 머리를 굴리며 문제의 핵심을 질문했다.

"빛의 신 레비는 어째서 이런 모든 짓을 벌인 겁니까?"

이 질문에는 크게 두 가지의 내용이 압축되어 있었다.

레비는 어째서 지구를 멸망시키려는 걸까?

레비는 어째서 자신을 제외한 다른 초월체를 소멸시키려는 걸까?

파비라는 두 가지 모두를 대답했다.

―지구는 특별합니다. 그 땅엔 우리와 같은 '간섭자'가 없습니다. 때문에 다른 모든 차원에서 생존하며 그 차원의 색깔로 물드는 게 가능합니다. 레비는 그것을 막으려 합니다.

"막으려 하는 주제에 왜 지구인을 강제로 소환해서 이런 짓을 벌이는 겁니까!"

―이런 일을 할 수 있는 또 다른 초월체가 존재하기 때문입니다. 레비는 '어둠'이 아닙니다. 오히려 어둠을 소멸시키려는 존재입니다.

"아니……."

―그리고 레비가 우리를 소멸시키려는 이유도 마찬가지입니다. 우리는 세상에 어둠이 소멸하길 바라지 않습니다. 레비는 자신의 뜻에 반하는 모든 초월체를 소멸시키려 합니다.

그것은 다분히 추상적인 대답이었다.

하지만 핵심이 지구의 '인간'이란 것만큼은 확실했다. 나는 곧바로 두 번째 질문으로 넘어갔다.

"보이디아 차원은 정체가 뭡니까? 제가 알고 있는 '우주 괴수 차원'과 같은 겁니까? 우주의 공허를 지배하는 절대이며 허무의 주관자?"

―같은 겁니다.

파비라는 짧게 대답했다.

그 순간, 눈앞의 일렁이는 공간에서 사선으로 번개가 내리쳤다.

나를 향해.

"잠깐… 아직 설명이……"

나는 번뜩이는 충격과 함께 의식이 흐려지는 것을 느꼈다.

하지만 파비라는 더 이상 말하지 않았다.

대신 멈춰 있던 시간이 다시 움직이며 다양한 소리가 들리기 시작했다.

창밖의 새 소리, 분주하게 움직이는 엘프들의 발소리.

그리고 방 안에 있는 동료들의 당황한 외침.

"주한! 뭐, 뭐가 어떻게 된 거지? 방금 분명히 침대에 누워 있지 않았나? 왜 갑자기 바닥에 쓰러져 있는 거야! 커티스처럼 텔레포트라도 한 건가?"

*   *   *

정신을 차린 것은 나흘 후였다.

나는 일어나자마자 침대 근처에 놓인 커다란 물통을 그대로 원 샷에 마셔 버렸다. 그리고 엘프들이 가져다 놓은 음식을 꾸역꾸역 집어 먹기 시작했다.

"솔직히 좀 무서웠어. 이대로 계속 깨어나지 않으면 어쩌나 했지."

통나무집 안에서 당직을 서고 있던 빅터가 한숨을 내쉬며 말했다. 나는 삶은 감자로 추정되는 음식을 끊임없이 씹어 넘기며 대답했다.

"나흘이라… 제 생각보다 좀 더 길었습니다."

"억지로 목구멍 속에 유동식이라도 부어 넣어야 하나 고민했다고. 아무튼 문제없는 건가?"

"전혀 없습니다. 걱정 끼쳐 죄송합니다."

"어쩔 수 없지. 스스로 컨트롤할 수 없는 일인 모양이니."

빅터는 상관없다는 듯 어깨를 으쓱였다.

"그보다도 팔틱 영감이 화를 내더군. 우리라도 수련을 시켜 주겠다는데 거절했거든."

"네?"

"널 지켜야 하니 말이야. 그래서 하루에 한 명씩만 경호에 빠져서 영감의 수업을 받기로 했어. 오늘이 내 차례였는데 아쉽게 됐군."

그러자 문 근처의 의자에 앉아 있던 커티스가 말했다.

"나는 계속 여기 있었다. 외부인을 체크해야 해서."

"감사합니다. 그런데 밖에서 온 소식은 없습니까?"

"이틀 전에 글라시스 회장이 사람을 보냈지."

빅터는 테이블 위에 놓아둔 편지를 집어 내밀었다.

"무슨 내용인지는 몰라. 안 뜯어봐서."

나는 고개를 끄덕이며 봉인된 편지를 뜯었다.

랜드픽을 공격하는 와중에 신성제국이 다시 움직이기 시작했다는 정보가 들어왔습니다. 다음 목표는 링카르트 공화국에 있는 젠투의 대신전일 확률이 높습니다. 준장님께서 판단하셔서 미리 방비를 부탁드립니다.

내용은 간단했다. 나는 빅터에게 편지를 건네주며 말했다.

"시간이 지체됐군요. 바로 대신전으로 가서 '확인 작업'부터 해야 할 것 같습니다."

"그런가… 그럼 링카르트 공화국으로 가는 건가, 커티스를 데리고?"

"아니, 먼저 다나랜드로 갈 겁니다."

나는 고개를 저었다. 빅터는 눈살을 찌푸리며 편지를 내려놓았다.

"회장은 링카르트 공화국이 위험하다고 써놨는데? 왜 다나랜드에 먼저 가는 거지?"

"가까우니까요."

나는 집 안에 있는 창고 방으로 걸음을 옮기며 말했다.

"저는 한 명입니다. 젠투의 대신전과 파비라의 대신전을 둘다 지킬 수는 없습니다."

"그러니 당장 위험한 곳부터 가야 하는 것 아닌가?"

"제가 당장 가야 할 곳은 회귀의 반지가 있는 곳입니다."

나는 창고 방에 수북이 쌓여 있는 포션병을 바라보았다.

"젠투는 감정의 각인이고 파비라는 맵온의 각인입니다. 상대적으로 맵온의 각인이 유용하지만… 둘 다 사라지더라도 결정적인 혼란이 오는 각인은 아닙니다."

"스캐닝이나 언어처럼?"

"네. 그러니 극단적으로 말해서 대신전들에 있는 성물이 파괴되어도 상관없습니다. 문제는 둘 중 하나가 회귀의 반지라는 거죠. 그것만큼은 확보를 해야 합니다."

"설마 다시 회귀를 하려는 건 아니겠지?"

창고에 따라온 빅터가 눈살을 찌푸리며 말했다.

"부탁인데 여기서 갑자기 사라지진 말라고. 너 없이 우리끼리 뭘 어떻게 하는 건 불가능하니까."

"그럼 빅터, 당신이 다시 한 번 시작해 보겠습니까?"

나는 포션병을 종류별로 골라내며 물었다. 빅터는 순간 당황하며 눈을 껌뻑였다.

"어… 그건 미처 생각을 못 했군. 내가 그 반지를 끼면 수용소에서 다시 시작할 수 있는 건가?"

"누구의 몸에서 다시 시작할지는 아무도 모릅니다. 저도 다시 레너드의 몸으로 회귀할지는 알 수 없죠."

"그럼 됐어. 난 내 몸이 좋으니까. 그런데 지금 뭘 하고 있는 건가? 왜 포션을 늘어놓고 있어?"

"왜냐하면……."

나는 품속에 있는 시공간의 주머니를 꺼내 들었다.

"가지고 가려고요."

그리고 마력의 포션 한 병을 주머니 속으로 집어넣었다.

"…어?"

동시에 빅터의 눈이 휘둥그레졌다.

확실히 놀랄 만했다.

겉으로 볼 때 시공간의 주머니는 고작해야 손바닥만 한 크기다.

그런데 커다란 술병 사이즈인 포션병이 그 속으로 쑥 들어간 것이다.

"방금… 대체 뭘 한 거지? 마술인가? 소매 속에 비둘기를 감추는 그런 거? 모자에서 토끼를 꺼낸다든가?"

"이건 시공간의 주머니라고 합니다."

나는 주머니를 스캐닝하며 포션병을 계속 그 안으로 집어넣었다.

이름: 시공간의 주머니

종류: 마법 도구

특수 효과: 50㎡의 자유 공간과 연결된 주머니. 소유자에 한해서 내부가 꽉 찰 때까지 원하는 것을 자유롭게 수납할 수 있다. 소유자가 원하는 것을 우선적으로 끌어와 꺼낼 수 있다. 소유자가 물리적으로 들 수 있는 물건에 한해서 가능. 생물은 수납이 불가능하다.

"내부에 다른 차원과 연결되어 있어 대량의 물건을 집어넣을 수 있습니다."

"그 무슨 말도 안 되는……."

빅터는 어처구니없다는 얼굴로 고개를 저었다.

하지만 실제로 포션병이 끝도 없이 들어갔다. 빅터는 가까운 곳으로 다가와 주머니의 내부를 보며 혀를 찼다.

"세상에… 정말 내부가 엄청 깊고 넓은데? 무슨 무중력 공간인가? 왜 다들 둥둥 떠 있지? 그리고 저 수정 같은 건 뭔가?"

"저게 진짜 성물입니다."

"하지만 저렇게 넓어서야… 저 깊은 곳에 떠 있는 포션들을 어떻게 꺼내지? 팔을 최대한 깊이 넣어도 안 닿을 것 같은데?"

"꺼낼 때는 알아서 제 손을 향해 다가옵니다."

"대체 무슨 원리로… 아니, 여기서 원리를 따지는 것도 우습겠군."

빅터는 쓴웃음을 지으며 물었다.

"그보다도 그 주머니, 무겁지는 않나?"

"무게는 거의 느껴지지 않습니다. 사실 레비그라스인은 만질 수조차 없죠. 오직 지구인만 가능합니다. 한번 만져보시겠습니까?"

빅터는 조심스레 주머니의 아래 부분을 손으로 쓰다듬었다.

"감촉이 특이하군. 금속 같긴 한데……."

"그리고 소유주를 따로 따지는 것 같습니다. 소유주가 아니라면 아무리 인간이라 해도 가지고 다닐 수는 없겠죠."

"가지고 다닐 수 없다니, 그건 무슨 소리지?"

"직접 테스트해 보도록 하죠."

나는 주머니를 닫으며 빅터에게 건네주었다.

"자, 이제 그걸 품속에 넣어보십시오."

"그야 뭐……."

빅터는 시공간의 주머니를 받아 품속에 있는 안주머니에 집어넣었다. 하지만 주머니는 그대로 바닥에 떨어졌다.

툭.

"음?"

빅터는 놀란 눈으로 그것을 바라보았다.

다시 집어서 똑같이 해도 마찬가지였다. 세 번이나 실패한 그는 자신의 옷소매를 들어 주머니를 통과시키며 탄식을 하기 시작했다.

"아… 이거 그냥 통과하는군. 옷을 그냥 통과해."

"통과하지 않는 건 '바닥'으로 인식되는 공간뿐입니다. 하지만 주인의 옷은 상관없는 것 같습니다."

나는 주머니를 다시 건네받아 품속에 집어넣었다. 빅터는 감탄한 표정으로 고개를 끄덕이기 시작했다.

"대단하군… 정말 대단해. 아무리 레비그라스라고 해도 이런 물건이 존재할 줄은 몰랐어."

"저도 놀랐습니다. 분명 다양한 활용법이 있겠죠."

일단 이것만 있으면 장기간 여행에 보급을 걱정할 필요가 전혀 없었다.

나는 포션 말고도 엘프 마을에 있는 보존식과 물통을 따로 챙겨 주머니 속에 집어넣었다.

주머니의 입구는 한 뼘 정도의 크기에 불과했다. 하지만 일단 일부분이라도 주머니 안쪽으로 집어넣으면, 이윽고 전체가 쑥 빨려 들어가며 간단히 수납된다.

옆에서 보면 정말로 조그만 모자 속에서 커다란 토끼를 꺼내는 것처럼 보일 것이다.

'정말 대단한 물건이다. 그런데…….'

안티카 왕국의 수도인 다나랜드로 떠나며, 나는 이미 파괴된 첫 번째 성물을 떠올렸다.

시공간의 신인 크로아크의 성물.

'그런데 크로아크의 성물은 대체 뭐였을까? '광속의 정수'는 이름만 봐도 빛의 신 레비의 성물 같고… '지식의 팔찌'는 아무래도 지식의 신 파비라 같은데. 그럼 '각인의 권능'인가? 설마 '회기의 반기'는 아니겠지? 첫 번째 퀘스트가 아직 남아 있는 걸 보면…….'

*　　　　*　　　　*

확실한 건 지식의 팔찌는 아니라는 점이다.

＊　　　＊　　　＊

"…사방 20미터 내에 인간의 기척은 없다. 생각보다 경비가
약하군."

커티스가 어둠 속에서 속삭이듯 말했다.

이곳은 안티카 왕국의 수도인 다나랜드의 중심가에 위치한
파비라의 대신전이다.

정확히는 파비라의 대신전에 있는 '성물의 방' 속이었다.

예배당의 단상 위에 성물이 놓여 있던 아르마스의 대신전
과는 달리, 파비라의 대신전의 성물은 겹겹이 봉쇄된 깊은 방
속에 홀로 놓여 있었다.

나는 오러를 발동시켜 빛을 내며 주위를 둘러보았다.

느낌은 마치 밀폐된 좁은 감옥 같았다.

그리고 감옥의 한가운데, 익숙한 형태의 주머니가 덜렁 놓
여 있었다.

시공간의 주머니.

나는 조심스레 주머니를 집어 들었다.

[시공간의 주머니를 이미 소유하고 있습니다. 획득은 불가능
합니다.]

동시에 눈앞에 문장이 떠올랐다.

'한 사람이 두 개를 가지는 건 안 되나?'

그리고 곧바로 새로운 문장이 떠올랐다.

[지식의 팔찌를 획득하겠습니까?]

하지만 진짜 내용물인 성물은 가능한 듯했다.

'어떻게 한다……'

물론 여기까지 오면서 이미 답은 내려놓았다.

획득한다.

하지만 실제로 선택의 시간이 오자 갈등이 생겼다.

'이걸 가지면 나 혼자 두 개의 성물을 소유하게 되는 셈이다. 그래도 괜찮은 건가? 계란을 한 바구니에 담는 게 아닐까?'

무엇보다 이곳은 자유 진영에서 가장 강력하다는 안티카 왕국의 수도다.

꼭 내가 성물을 지키지 않더라도, 안티카 왕국의 군대와 강자들이 목숨 바쳐 내신전을 지키길 것이다.

"왜 그러지, 주한?"

커티스가 나지막한 목소리로 속삭이듯 말했다.

"가능한 빠르게 끝내라. 지금 서쪽으로 15미터 떨어진 곳에 네 명의 인간이 접근하고 있다."

"경비병일까요?"

커티스는 고개를 저었다.

"내가 감지할 수 있는 건 움직임뿐이다. 아직은 여유가 있지만 되도록 빨리해라. 다시 널 데리고 숙소로 텔레포트하려면 시간이 필요하니까."

파비라의 대신전에 도착한 우리는 미리 연락을 넣어둔 박 소위의 도움으로 대신전의 내부에 있는 VIP용 숙소에서 하룻밤을 묵게 되었다.

그리고 한밤중에 작전을 시작했다.

숙소는 '성물의 방'으로부터 직선거리로 40미터쯤 떨어져 있었다. 그리고 커티스는 다른 사람을 동행해서 최대 15미터의 거리를 텔레포트할 수 있었다.

그 때문에 여기까지 들어오는 데 두 번의 텔레포트를 사용해야 했다.

커티스가 하루에 사용할 수 있는 텔레포트의 횟수는 총 5회다. 덕분에 돌아갈 때는 중간에 약간의 도보 이동 없이, 곧바로 텔레포트만 세 번 사용해서 돌아갈 수 있었다.

"대부분의 방어 병력은 이 건물의 가장 바깥쪽을 지키고 있다. 덕분에 중간에 빈 공간이 많아서 들키지 않고 텔레포트가 가능하지만… 그것도 지금까지의 이야기다. 언제 상황이 급변할지 몰라."

커티스가 신중한 얼굴로 재촉했다. 나는 고개를 끄덕이며 심호흡을 했다.

그리고 나지막한 목소리로 말했다.

"획득하겠습니다."

하지만 특별히 달라진 건 없었다.

물론 아무래도 상관없었다. 나는 곧바로 주머니를 열어 안을 들여다보았다.

주머니 속에 펼쳐진 광활한 공간 속에 커다란 팔찌 하나가 떠 있었다.

나는 그 안에 손을 집어넣으며 생각했다.

'지식의 팔찌.'

그러자 팔찌가 천천히 내 손을 향해 다가왔다.

매우 느리게.

'뭐지? 왜 이렇게 천천히 와?'

실제로 주머니의 소유주가 아니라서 그럴까? 나는 초조한 마음으로 인내의 시간을 버텨냈다.

"…아직인가? 이젠 10미터쯤 떨어진 통로를 돌아오고 있다."

아무래도 성물의 방 주변은 미로처럼 빙글빙글 돌게 만들어진 듯했다. 나는 심호흡을 하며 작은 목소리로 말했다.

"이제… 다… 됐습니다."

그리고 팔찌를 움켜쥐었다.

그것은 실로 거대했다.

팔찌라기보다는 허리띠에 가까운 크기였다.

'어쩌면 초월체들은 원래 거인이었던 걸까?'

나는 시공간의 주머니 속에서 팔찌를 꺼낸 다음, 곧바로 내가 소유한 시공간의 주머니 속으로 집어넣었다.

그리고 안도의 한숨을 내쉬었다.

"끝났습니다."

"좋아. 그럼 바로 돌아간다."

"네. 그런데⋯⋯."

나는 다시 바닥에 놓은 시공간의 주머니를 보며 생각했다.

'혼자 두 개의 주머니를 가질 수는 없다면, 커티스에게 가지게 하면 되지 않나?'

하지만 거기엔 장단점이 있다.

물론 '우리 편'이 시공간의 주머니를 획득하는 건 확실한 장점이다.

하지만 이걸 가지고 나가 버리면, 파비라의 대신전에서 성물이 도난당했다는 걸 즉시 알게 될 것이다.

'어차피 이곳에는 주머니를 열어볼 수 있는 사람이 없다. 그냥 곱게 놔두고 가면 내용물이 사라졌다는 건 아무도 모를 거야.'

그래서 나는 입을 다물었다. 그리고 커티스는 곧바로 내 팔을 움켜쥐며 텔레포트를 사용했다.

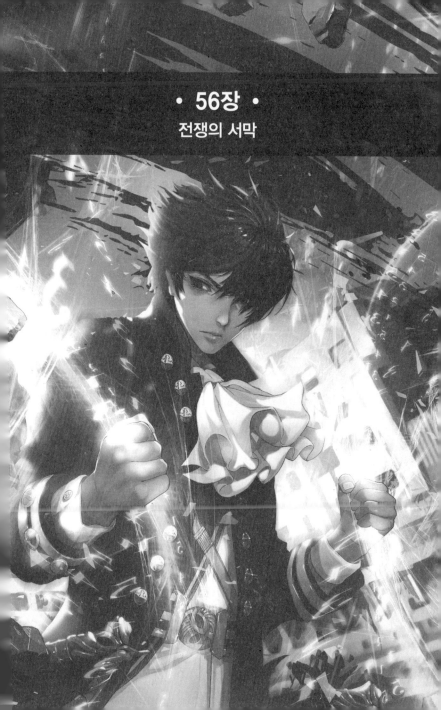

56장
전쟁의 서막

이름: 지식의 팔찌

종류: 성물

특수 효과: 소유자의 지식을 영구히 보존한다. 우주의 돌, 광속의 정수, 각인의 권능, 회귀의 반지와 함께 레비그라스 차원의 다섯 신의 성물 중 하나

지식을 영구히 보존한다는 게 무슨 뜻일까?

"컴퓨터 하드나 서버처럼 데이터를 저장한다는 뜻이 아닐까? 그게 무슨 의미가 있는지는 모르겠지만."

링카르트 공화국을 향해 이동하는 도중에 커티스가 말했

다. 나는 품속에 있는 시공간의 주머니를 의식하며 고개를 끄덕였다.

"아마도 그렇겠죠. 지식의 보존이라……."

"당장 써먹을 수 있는 물건은 아닌 것 같다. 우주의 돌이라고 했나? 먼저 얻은 성물은 그래도 직접적인 효과가 있지 않았나? 생명 활동이 불가능한 공간에서 생존하게 해준다고? 수중에서 호흡하지 않고 생존할 수 있다는 말 아닌가?"

아마도 그럴 것이다.

아직 테스트해 본 적은 없고, 일부러 테스트해 볼 생각도 없지만.

중요한 건 성물들이 가지고 있는 특수 효과가 아니었다.

핵심은 이것을 통해 수많은 인간이 각인 능력을 누리는 것.

그리고 퀘스트가 있다.

기분 탓인지는 모르지만, 시공간의 신 크로아크가 성물과 함께 소멸한 이후로 새로운 퀘스트가 갱신되지 않았다.

'퀘스트를 내리는 건 초월체다. 아직 네 명의 초월체가 남아 있지만… 초월체가 소멸될수록 새로운 퀘스트의 생성도 늦어지겠지.'

"그래서, 다음 성물은 어떻게 할 거지?"

커티스는 멀리 보이는 텔레포트 게이트를 보며 물었다.

"새로운 성물도 획득해서 네가 보관할 건가?"

"가능하면 그렇게 하려 합니다만……."

나는 말을 흐리며 첫 번째 퀘스트를 떠올렸다.

퀘스트1: 회귀의 반지를 파괴하라(최상급)

처음부터 있던 퀘스트였지만, 지금에 와서는 의문이 든다.

초월체는 어째서 이런 퀘스트를 준 걸까?

물론 이유는 있을 것이다. 회귀의 반지는 그 자체만으로도 너무 많은 변수와 새로운 역사를 만들어 버리니까.

결국 성물의 근원이 초월체라면 누군가 회귀의 반지를 쓸 때마다 초월체의 힘이 대량으로 소모되는 것일 수도 있다.

하지만 결국 가설일 뿐이다.

확실한 건 회귀의 반지를 파괴한 순간, 운명의 신인 젠투가 함께 소멸하며 그가 인류에 부여한 모든 각인 능력도 사라진다는 점이다.

바로 감정의 각인이.

나는 가장 최근에 획득한 초월 능력을 떠올렸다.

[감정(최상급)은 행성 단위로 모든 것을 감정할 수 있다.]
[감정(최상급)은 하루 사용 횟수가 10회로 한정된다.]

그것이 최상급 감정의 설명이었다.

행성 단위라니.

처음엔 설명의 규모가 너무도 거대해서 좀처럼 감을 잡을 수가 없었다.

하지만 실제 능력은 단순했다. 그저 감정의 각인이 상급으로 되며 생긴 능력의 범위가 넓어지는 것뿐이다.

기존에는 '마나'를 감정하면 나를 기준으로 주변에 있는 마나의 농도나 변화를 확인할 수 있었다.

하지만 지금은 레비그라스 전역의 마나를 확인할 수 있었다.

내가 원하는 곳의, 원하는 크기만큼의 공간을.

나는 수용소를 탈출할 때의 기억을 떠올리며 생각했다.

'그때 루도카가 마나의 흐름을 감지하고 그곳에 왔다고 했지. 분명 최상급 감정 능력으로 원거리에서 마나의 급격한 변화가 생긴 곳을 발견한 거다.'

그렇다면 앞뒤가 맞았다.

다만 루도카는 초월 능력을 가지고 있지 않았다.

최상급 감정 능력을 가진 누군가가 변화를 확인하고 루도카에게 명령을 내린 것이다.

'어쨌든 엄청난 능력이다. 행성 전체를 커버하는 레이더라고 할까⋯⋯.'

다만, 내가 직접 그 장소에 가봤어야 감정이 가능하다.

혹은 한 번이라도 만났던가.

그래서 더욱 엄청난 능력이었다.

내가 한 번이라도 만났던 인간이라면 당장 얼마나 떨어져 있든 간에 감정이 가능하다.

'그럼 분명 스텔라도 가능하겠지.'

나는 스텔라라는 이름과 복면으로 얼굴의 절반을 가리고 있던 여자를 떠올리며 감정의 각인을 발동시켰다.

[인간 여자. 23세. 현재 오러가 느리게 성장 중. 현재 마력이 느리게 성장 중. 당신을 인식하지 못했음]

감정은 그걸로 끝이었다.

나는 허탈한 기분을 느꼈다.

물론 당연한 일이다. 그녀는 세뇌를 당한 상태였을 테니까.

'그리고 설사 의식이 조금이라도 있다 해도… 지금의 나를 과거의 문주한이라고 인식할 리도 없지.'

나는 한숨을 내쉬며 고개를 저었다.

'그리고 보니 루도카는 어떻게 되었을까?'

나는 기분 전환을 위해 오래전에 만났던 신성제국의 황자를 떠올리며 감정의 각인을 발동시켰다.

[인간 남자. 37세. 현재 마력이 매우 느리게 성장 중. 현재 저주가 매우 빠르게 성장 중. 당신에게 신뢰와 호감을 가지고 있음. 신뢰도는 약 92퍼센트. 호감도는 약 43퍼센트]

'그 얼굴로 37살이나 먹었단 말인가?'

나는 쓴웃음을 지으며 고개를 저었다.

인간을 감정(鑑定)했을 때 표시되는 스텟은 대상이 내게 품고 있는 가장 높은 감정(感情)이 우선적으로 두 개 표시된다.

아무래도 루도카는 내게 깊은 신뢰를 가지고 있는 모양이다.

물론 당시의 기억을 떠올리면 충분히 그럴 만도 하지만······.

'그런데 저주가 매우 빠르게 성장하고 있다고? 대체 무슨 짓을 하고 있는 거지?'

제아무리 최상급 감정이 대단하다 해도 그것까지는 알아낼 수 없었다.

"왜 그러지? 이제 저기만 지나면 링카르트 공화국이다."

커티스가 눈앞에 보이는 텔레포트 게이트를 보며 물었다. 나는 고개를 저으며 멈췄던 다리를 다시 움직이기 시작했다.

"아무것도 아닙니다. 그리고 젠투의 성물을 어떻게 할지는··· 그쪽에 가서 다시 생각해 보도록 하죠."

*　　　*　　　*

"이제 그만하시게!"

머리가 하얗게 센 노기사가 젊은 신관은 향해 소리쳤다.

"이런 무모한 계획이 언제까지 가능할 거라 생각하나? 아무리 대신관이라 해도 되는 일과 안 되는 일이 있네! 그대는 정도란 걸 모르나!"

"정도라… 정도는 과연 무엇일까요?"

신관은 빙긋 웃으며 되물었다.

"물론 말할 것도 없습니다. 바로 빛의 신의 사명이죠. 저희들은 모두 레비의 뜻에 따르면 그만입니다. 그러면 누구보다 바르게 정도를 걸을 수 있습니다."

"그만!"

노기사는 얼굴을 붉히며 소리쳤다.

"언제까지 신의 뜻을 내세울 건가! 아무리 앞에 '신성'이 붙었다 해도 제국은 제국일 뿐이야! 알카노이아 제국이란 말일세! 더 이상 제국의 군대를 동원해 소모적인 작전을 펼치지 말게! 당장 자유 진영과 전쟁이 터질지 모르는데 제국의 전력을 깎아먹지 말란 말이야!"

그는 바로 신성제국의 왕제이자, 3군 총 사령관인 블랑크 대공이었다.

반면 마주 보고 앉은 자는 레비의 대신관인 레빈슨이었다.

레빈슨은 블랑크의 옆에 서 있는 붉은 머리카락의 청년을 보며 말을 돌렸다.

"그리고 보니 전하, 요즘 수련에 한창이시라는 소문을 들었는데 성취가 있으신지 궁금하군요."

"안타깝지만 아직입니다."

흥분하는 노인과는 달리, 붉은 머리카락의 청년은 여유 있는 얼굴로 고개를 저었다.

"하지만 걱정 마십시오. 저는 반드시 더 강해질 겁니다. 믿음을 가지고 계속 수련하면 반드시 성과가 있을 겁니다."

그는 신성제국의 둘째 황자인 루도카였다. 레빈슨은 흐뭇한 얼굴로 고개를 끄덕이며 말했다.

"물론입니다. 저로선 그저 놀라울 따름이군요. 방탕하기로 이름 높은 황자께서 어떻게 이렇게 마음을 잡고 스스로에게 믿음을 가질 수 있는지… 신성제국의 큰 복입니다. 역시 빛의 신의 기적은 놀랍군요."

"감사합니다. 물론 제게 믿음을 준 건 정령입니다만……."

"정령요?"

"정령의 가호라고 해야 할까요?"

루도카는 빙긋 웃으며 젊은 지구인의 얼굴을 떠올렸다.

"어쨌든 덕분에 매우 바쁜 날들을 보내고 있습니다. 물론 대신전까지 불러주신 것은 영광입니다만, 가급적 빠르게 용무를 끝내주시면 감사하겠습니다."

"아, 물론입니다. 별로 긴 이야기는 아니니까요."

레빈슨은 고개를 끄덕이며 블랑크를 향해 시선을 돌렸다.

"그래도 왕제 전하께 먼저 용무를 끝내려 하는데, 괜찮으시겠습니까?"

"물론입니다."

루도카는 한 발 뒤로 물러났다. 블랑크는 가볍게 헛기침을 하며 대신관에게 말했다.

"나는 더 이상 할 말 없네. 성물을 파괴하는 것도 개인적으로론 반대하고, 그 일에 제국의 인재를 소모하는 것도 반대하네."

"거짓 신을 멸하고, 세상에 빛의 섭리를 가득 채우는 일에 반대하시는 겁니까?"

"…그게 아니야."

블랑크는 답답하다는 얼굴로 말했다.

"성물을 파괴하면 각인 능력도 사라지네. 그래, 그것까진 좋아. 신성제국도 자유 진영도 똑같이 해당되는 문제니까. 하지만 그 과정에서 전력이 소모되면 곤란해. 이건 제국 총사령관으로서 하는 말이네. 당장 전쟁이 터질지 모르는 상황에서 자꾸 의미 없는 일에 전력을 낭비하면 어떻게 되겠는가? 그리고 정작 성물을 파괴하는 것 자체도 실패하지 않았나!"

"처음은 성공했습니다."

대신관은 눈을 가늘게 뜨며 말했다.

"크로아크의 성물은 파괴했습니다."

"아르마스의 성물은 실패했지 않나! 그 과정에서 제국 기사인 로반테가 죽었네! 무수한 병사와 함께!"

"저희 대신전의 하이 템플러인 페올 님도 순교했습니다. 그래서 뭔가 문제라도 있는 겁니까?"

"경우가 달라! 로반테는 당장 전쟁이 터지면 일개 방면을 맡길 수 있는 장군이네! 왜 이러나, 대신관? 기어이 신성제국을 전쟁에서 패하게 만들 셈인가!"

"결코 그렇지 않습니다."

대신관은 빙긋 웃으며 고개를 저었다.

"대신전의 목표는 단지 성물의 파괴가 아닙니다. 결과적으로 신성제국에 반대하는 모든 세력을 멸망시키고, 레비그라스를 하나로 통합하는 것이죠."

"그런데 어째서……."

"이 모든 일은 그것을 위한 하나의 과정일 뿐입니다. 물론 전하께서 이 일을 근시안적으로밖에 볼 수 없는 것도 이해합니다."

그것은 꽤나 모욕적인 말이었다. 블랑크는 입술을 깨물며 가까스로 분노를 참아냈다.

"그래서 시야가 넓은 대신관께서는 어떻게 자유 진영을 무너뜨릴 생각이신가? 이 부족한 늙은이에게 가르침을 주면 좋겠군."

"물론 빛의 신의 권능으로 무너뜨릴 겁니다."

"……."

"그런 표정 짓지 마십시오. 좀 더 알기 쉽게 말씀드리면… 레비께서 명하신 대로 소환한 지구인들이 점점 강력해지고 있습니다."

"지구인? 그들은… 어차피 다시 지구로 보낼 생각 아닌가?"

"물론입니다. 하지만 그 전에 레비그라스의 통일 전쟁에 사용한다고 해서 신께서 분노하시진 않을 테죠."

"음……."

블랑크는 그제야 솔깃한 표정을 지었다.

"그래서 지금 지구인들의 수준이 어디까지 올라와 있나?"

"상급 노예 중에는 이미 소드 익스퍼트를 달성한 자도 있습니다. 앞으로 10년 안에 최고 수준의 전사가 만들어질 것으로 기대합니다."

"최고 수준이라면, 3단계 소드 익스퍼트 말인가?"

"그럴 리가요."

대신관은 고개를 저었다.

"소드 마스터를 말하는 겁니다. 마법사로 치면 아크 위저드고 말이죠."

"정말인가?"

블랑크는 의심스러운 얼굴로 되물었다.

"소드 마스터라니, 그게 가능한 일인가? 불과 십여 년 만에?"

"물론입니다. 지구인들은 대부분 오러나 마력에 대한 친화력이 뛰어납니다. 일단 각성하고 감을 잡기 시작하면 성장 속도가 레비그라스인과는 차원이 다르죠. 물론 몇몇의 소수의 이야기입니다만, 그게 아니라도 다들 어느 정도 수준까지는 빠르게 성장할 수 있을 겁니다."

"그들을 전쟁에 한 번에 동원해 자유 진영을 무너뜨린다는 건가……."

블랑크는 급격하게 바뀔 전황을 머릿속에 그리며 고개를 끄덕였다.

"솔직히 매력적이군. 자유 진영의 정보력이 아무리 좋아도 이런 사태를 쉽게 예측하진 못할 테지. 음… 그런데 대신관?"

"말씀하십시오."

"그런데 이게 성물의 파괴와 대체 무슨 상관이 있는 건가?"

"직접적인 상관은 없습니다."

"뭐?"

"하지만 결과적으론 그 어떤 것보다 중요한 문제입니다. 제가 아무리 강력한 노예들을 만들어낸다 해도, 그보다 더 강력한 존재가 탄생할 가능성이 있으니까요."

"그게 대체 무슨 소리지?"

블랑크는 눈살을 찌푸렸다. 대신관은 두 명의 왕족을 번갈아 바라보며 설명했다.

"이곳에 계신 분들은 모두 제국의 핵심이니… 비밀을 공유한다 해도 문제없을 거라 생각합니다."

"비밀?"

"레비그라스에 존재하는 다섯 신은 특별한 인간에게 사명을 부여합니다."

그리고 대신관의 방에 침묵이 찾아왔다.

블랑크는 한참 만에 헛기침을 하며 입을 열었다.

"사명이라니… 대신관, 자네가 신의 목소릴 듣는다든가 하는 그런 이야기 말인가?"

"비슷합니다. 하지만 이건 '상징'이 아니라 '현실'이란 차이가 있죠."

"뭐라?"

"신들은 인간에게 실제로 사명을 내립니다. 그리고 그것을 달성하면 그에 따른 보상을 얻게 되죠."

"보상이라니… 그게 무슨 소린가?"

"말 그대로 보상입니다. 기본 스텟이나 특수 스텟이 갑자기 상승합니다."

"정말입니까?"

그러자 루도카가 눈을 번뜩이며 끼어들었다. 대신관은 부드럽게 웃으며 고개를 끄덕였다.

"정말입니다. 정 의심되시면 황태후나 황제 폐하께 직접 여쭤보셔도 됩니다."

"어마마마나 형님께? 그렇다면… 설마?"

블랑크의 표정이 순간적으로 경직되었다. 대신관은 대리석으로 장식된 방을 천천히 둘러보며 고개를 끄덕였다.

"생각하시는 그대로입니다. 그런데 빛의 신이 아니라… 다른 거짓 신들 또한 누군가에게 사명을 내린다면 어떻게 될 것 같습니까?"

"그런……"

블랑크는 한동안 생각하다 눈살을 찌푸리며 말했다.

"그대의 말이 사실이라 가정하면… 신의 성물을 파괴하면, 더 이상 그 신이 인간에게 사명을 내리지 못한다는 말인가?"

"그렇다고 생각합니다. 안 그러면 레비께서 제게 그런 사명을 내리실 리가 없죠."

"그런 사명?"

"어떤 사명인지 설명할 필요는 없겠죠. 아무튼 저는 그렇게 판단했습니다. 지구인 노예들이 성장하려면 아직 더 시간이 필요합니다. 하지만 그사이, 거짓 신들의 사명을 받은 누군가가 더 빠르게 성장해서 우리 신성제국을 위협하는 존재가 될 수 있다고 말입니다."

"그래서… 굳이 전력을 낭비하면서까지 성물을 파괴하는 거였나?"

"이제 조금은 이해하시겠습니까?"

대신관은 오른 주먹을 가볍게 움켜쥐며 말했다.

"심지어 그 대상 중 하나는 지구인입니다."

"지구인? 그게 무슨 말인가?"

"아무래도 탈주한 지구인 중에 거짓 신들의 사명을 받는 자가 존재하는 것 같습니다."

"하지만… 전에 탈주한 지구인이라면 분명 최하급 노예였을 텐데?"

"그렇습니다. 이름은 레너드, 그리고 지금은 문주한이라고 불립니다."

"……!"

순간 루도카의 몸이 가볍게 흔들렸다. 대신관은 신경 쓰지 않고 계속 말을 이었다.

"저는 몇 달 전부터 주목하고 있습니다. 이번 아르마스의 대신전에서 벌어진 전투가 실패한 것도 바로 그 문주한이 나타났기 때문입니다."

"하지만 그걸 어떻게……."

"유일하게 살아 돌아온 생존자가 증언했습니다. 신관 겔브레스가 말이죠."

그러자 블랑크가 눈을 부릅뜨며 소리쳤다.

"겔브레스! 보이디아의 겔브레스 말인가? 그가 이번 작전에 참가했나?"

"네. 제가 가장 믿을 수 있는 신관 중 한 명이니까요."

대신관은 깍지 낀 양손 위에 턱을 얹으며 말했다.

"신관이 말한 인상 착의는 제가 알고 있는 문주한과 동일했습니다. 그사이 여러 가지로 힘을 쌓은 모양입니다."

"말도 안 돼… 하지만 노예가 탈출한 건 고작해야 1년도 된 일이야. 그런데 그 겔브레스를, 심지어 이겼다고?"

"그렇습니다. 그러니 저희들은 한시라도 빨리 거짓 신의 성물을 파괴해야 합니다. 하나라도 더 많이 말이죠."

대신관은 고개를 끄덕였다. 블랑크는 믿을 수 없다는 듯 고개를 저었다.

"아무리 그래도… 믿겨지지 않는군. 겔브레스는 혼자서 작은 나라를 멸망시킬 수 있는 존재네. 최소한 3단계 소드 익스퍼트… 어쩌면 그 이상일지도 모르지."

"하지만 패했습니다. 겨우 목숨만 부지해서 탈출했죠. 어떻습니까? 이제 제 계획에 동참해 주시겠습니까?"

"…말해보게."

블랑크는 한숨을 내쉬며 말했다.

"무엇을 바라나? 내가 뭘 지원해 주면 좋겠나? 제국 기사? 마법사단? 아니면 제국군?"

"전부 다입니다."

대신관은 거리낌 없이 대답했다.

"그 모든 게 필요합니다. 이번에는 전처럼 기습 작전을 벌일 생각이 아니니까요."

"기습 작전이 아니라면… 설마 전면전을 말하는 건가?"

"어차피 터질 전쟁이 아닙니까? 그렇다면 조금 앞당겨서 원하는 바를 먼저 이루는 게 좋을 겁니다."

대신관은 맵온을 발동시키며 말했다.

"일단 맵온을 켜주십시오. 다음 목표는 링카르트 공화국에 있는 젠투의 대신전입니다."

그러자 블랑크와 루도카가 동시에 맵온을 켰다. 대신관은 링카르트와 신성제국의 국경 지역을 바라보며 말했다.

"바로 여기, 국경의 최단거리에 동원 가능 한 병력을 집중해서 방어선을 돌파합니다. 그리고 곧바로 젠투의 대신전을 향해 그곳을 함락하는 거죠."

"하지만 그런 짓을 하면… 정말로 양 세력의 전면전이 시작되네."

"그럴 수도 있고, 아닐 수도 있습니다."

대신관은 가만히 웃었다. 블랑크는 고개를 저으며 반론했다.

"아닐 확률은 매우 적네. 반드시 자유 진영 전체가 연합군을 결성해 제국으로 밀고 올 거야."

"그럴 수도 있습니다. 하지만 적어도 안티카 왕국은 아닙니다."

대신관은 회심의 미소를 지으며 말했다.

"제가 약속드리겠습니다. 안티카는 적어도 몇 달간은 이쪽에 신경 쓰지 못할 겁니다."

"…안티카 왕국은 자유 진영에서도 가장 강력한 반(反)제국 세력이네. 어째서 그들이 몇 달이나 물러나겠는가?"

"절 믿으십시오. 빛의 신의 이름을 걸고… 반드시 그렇게 될 것입니다."

대신관은 자신만만했다.

블랑크는 눈을 크게 뜨고 대신관을 바라보았다.

그는 이 비현실적인 남자를 무려 50년 이상 알고 지냈다.

하지만 그 오랜 시간 동안 그가 레비의 이름을 걸고 무언가를 장담하는 모습을 단 한 번도 본 적이 없었다.

'이렇게까지 말한다면… 정말 뭔가 있는 거다.'

잠시 고민하던 노인은 곧바로 자리에서 일어나며 말했다.

"곧바로 검토해서 시작하겠네. 와병 중인 황제 폐하께는 내가 직접 승인을 받도록 하지."

"감사합니다, 왕제 전하."

대신관도 자리에서 일어나며 깍듯이 인사를 건넸다. 블랑크는 고개를 끄덕이며 옆에 서 있는 루도카를 바라보았다.

"그럼 바로 돌아가지. 루도카, 너도 함께 가겠느냐?"

"물론입니다, 전하."

"아, 잠시만 기다려 주십시오."

대신관은 빠르게 두 사람 사이에 끼어들며 말했다.

"황자 전하께는 제가 따로 말씀드릴 이야기가 있습니다. 길진 않지만 긴밀한 이야기니… 잠시만 따로 자리를 만들어주시지 않겠습니까?"

"알겠네. 그렇게 하지."

블랑크는 대수롭지 않다는 얼굴로 대답했다.

"그럼 루도카, 먼저 나가 있을 테니 뒤따라오거라."

"네, 알겠습니다."

루도카는 자신의 삼촌을 향해 우아하게 인사를 건넸다.

그렇게 블랑크는 대신관의 방을 나갔다.

덜컹.

대신관은 문이 닫힐 때까지 기다렸다가 미소를 지으며 루도카를 바라보았다.

"그럼 전하, 지금부터 제 용건을 말씀드리겠습니다."

*　　　　*　　　　*

　"전하께서 최근에 수련에 열중이신 것은 제국의 모두가 아는 사실입니다."

　대신관은 새삼 했던 이야기를 반복하며 말을 뗐다.

　"하지만 이미 높은 성취를 이룬 자에게 추가적인 수련이란 고행에 가까운 법이죠. 그래서 제가 전하를 도울 방법을 준비했습니다."

　"대신관께서, 저를 말입니까?"

　루도카는 길게 내려온 앞머리를 가볍게 쓸어 올리며 웃었다.

　"우선 호의에 감사드립니다. 하지만 대신관, 솔직히 저희들은 이렇게 호의를 주고받을 관계가 아니지 않습니까? 신관들 사이에서 제 평판은 최악일 텐데요. 제도에 악평이 쫙 퍼져서 얼굴 들고 다니기도 힘들 지경입니다."

　루도카가 속한 언페이트는 신성제국에서 대신전의 간섭이 닿지 않는 유일한 기관이다.

　때문에 신전 측에서 언페이트와 루도카에 대한 괴소문을 퍼뜨리는 것은 공공연한 비밀이었다.

　"걱정 마십시오. 앞으로는 전하에 대한 소문도 점점 좋아질 겁니다."

　대신관은 웃으며 말했다.

"그보다 전하의 행동이 바뀌신 것이 중요하겠죠. 요즘은 전처럼 자유 진영의 불경한 물건에 관심도 줄어드신 것 같고 말입니다."

"불경한 물건이라면?"

"차원경 말입니다. 전하께서 신의 뜻에 반하는 행위를 포기하신다면 저희 대신전은 언제든지 전하의 힘이 되어드릴 준비가 되어 있습니다."

"그렇군요."

루도카는 신중한 얼굴로 대답했다.

"알겠습니다. 그럼 대신관께선 저를 위해 어떤 방법을 준비해 주셨습니까? 혹시 대신전에서 수련하라는 말씀이라면 어쨌든 귀담아듣겠습니다."

그동안 루도카는 열정과 믿음을 가지고 수련을 거듭했다.

하지만 실제로 효과는 미비했다. 그 때문에 최근은 우선순위에서 밀려 있던 신성 스탯마저 염두에 두고 있었다.

하지만 대신관은 고개를 저었다.

"그건 아닙니다. 전하는 이미 과거에 대신전에 몇 년간 머물며 수행을 쌓으시지 않았습니까?"

"네. 10대 때의 일입니다만."

"기록에 따르면… 전하의 신성 스탯은 130대까지 올라간 것으로 나오는군요. 네 종류의 신성 마법과 함께……."

대신관은 미리 준비한 서류를 읽으며 고개를 끄덕였다.

"물론 훌륭한 성취입니다. 하지만 당시에 전하의 수행을 지원했던 신관의 기록에 따르면… 아무래도 그것이 전하의 '한계'라고 여긴 것 같군요."

"그건 아직 모릅니다. 당시엔 지금만큼 절실하지 않았으니까요."

루도카는 기죽지 않고 대꾸했다. 대신관은 서류를 테이블에 내려놓으며 고개를 끄덕였다.

"물론 그럴 수도 있습니다. 하지만 전하도 알고 계시겠죠. 적성에 대해서 말입니다."

"……."

"레비그라스의 모든 인간은 저마다 자신이 가진 특수 능력의 적성이 있습니다. 오러, 마력, 신성. 이렇게 세 가지 중 하나의 능력에 적성을 가지고 있죠."

"물론입니다."

"보통은 자신의 적성에 맞는 특수 능력만을 키울 수 있습니다. 물론 전하처럼 다방면의 적성을 가진 분도 드물게 존재합니다만… 그렇다 해도 결국 주력과 보조가 나뉘는 법이죠. 그리고 분명히 말씀드릴 수 있는 건, 전하의 주력 스텟은 마력입니다."

그것은 누구보다 루도카 본인이 정확하게 알고 있는 사실이었다.

하지만 루도카는 대답하지 않았다. 대신관은 잠시 루도카의 눈치를 살피다 말을 이었다.

"이제 와서 새삼 무슨 소리냐는 표정 같군요. 하지만 다른 누구도 감히 할 수 없는 말이라 해도, 저는 거리낌 없이 전해 드릴 수 있습니다."

"무슨 말을 말입니까?"

"전하의 특수 능력은 이미 모두 한계입니다."

대신관은 죄인에게 판결을 내리듯 선언했다.

"오러도, 마력도, 신성도. 모두 여기서 더 성장할 수 없습니다. 아무리 본인이 열정과 믿음으로 수련을 거듭한다 해도, 안 되는 건 안 되는 겁니다."

"……."

"하지만 제게 방법이 있습니다. 한번 들어보시겠습니까?"

그것은 악마의 유혹과도 같았다.

루도카는 굴욕적인 기분을 참으며 고개를 끄덕였다.

"네. 부디 말씀해 주십시오."

"신관 겔브레스를 아시겠죠? 답은 거기에 있습니다."

대신관은 거기까지만 말하고는 입을 다물었다.

잠시 경직되어 있던 루도카는 이내 헛웃음을 지으며 말했다.

"설마 보이디아 차원을 말씀하시는 겁니까? 그건 그냥 풍문이 아닙니까!"

"풍문이 아닙니다."

대신관은 고개를 저었다.

"지금으로부터 60여 년 전, 제가 직접 겔브레스를 보이디아 차원으로 보냈습니다."

"아니……."

루도카는 어이없는 얼굴로 한참 동안 대신관을 노려보았다.

"만약 그게 사실이라 치면."

그러고는 헛기침을 하며 말했다.

"대신관께서는 지금 저를 보이디아 차원에 보내려고 하시는 겁니까?"

"네. 물론 전하께서 동의하신다면 말입니다."

"정말 보이디아 차원이라는 게 존재합니까?"

"존재합니다."

"직접 가보셨습니까?"

"아니요. 제가 가면 돌아올 수 없기 때문에 가보지 못했습니다. 차원문을 만들 수 있는 누군가가 이곳에 있어야 하니까요."

"그런……."

루도카는 한참 동안 고민하다 다시 질문했다.

"하지만 그래봤자 결국 보이디아 차원에서 얻을 수 있는 힘은 저주 스텟 아닙니까?"

"네. 대략 500에 달하는 저주 스텟을 얻을 수 있습니다. 하지만 그게 어디입니까? 무려 열 번에 달하는 기본 스텟의 상승을 노릴 수 있지 않습니까?"

대신관은 어깨를 으쓱였다.

열 번의 스텟 상승.

그것은 루도카에게 있어 거부할 수 없는 유혹이었다.

"그렇지만… 저주 스텟을 쌓은 순간 미쳐 버리지 않겠습니까? 100만 쌓아도 견디기 힘든 게 저주 스텟입니다."

"돌아온 즉시 정화를 받으면 됩니다. 레비그라스에서 가장 빠르고 강력한 정화가 가능한 것이 바로 이곳 레비의 대신전 아닙니까? 그리고 원하신다면 저주 스텟을 그대로 유지할 수도 있습니다."

대신관은 그렇게 말하며 품속에서 작은 약병을 꺼내 들었다.

"이것만 있으면 가능합니다."

"그게 뭡니까?"

"높은 저주 스텟에도 정신을 보호해 주는 약입니다. 겔브레스는 이 약을 복용함으로써 500이 넘는 저주 스텟을 활용할 수 있게 되었습니다."

"그런 약이……."

루도카는 약병을 받아 들며 입술을 깨물었다.

확실히 겔브레스는 500이 넘는 저주 스텟을 그대로 유지하면서도 문제없이 살고 있었다.

비록 바깥세상에 모습을 드러내진 않지만, 드물게 접촉한 사람들의 말로는 그저 평범한 신관처럼 보였다고 한다.

"겔브레스가 미치지 않은 게 바로… 이 약 때문이란 말입니까?"

"네. 전하께서도 마음만 먹는다면, 지금의 힘에 저주 마법까지 활용하실 수 있습니다."

루도카는 입안에 고인 침을 삼켰다.

만약 자신에게 500이 넘는 저주 스탯이 생기고, 그것을 자유자재로 활용할 수 있다면?

"어떻습니까? 한번 도전해 보시겠습니까?"

"…잠시만 기다려 주십시오."

루도카는 헛기침을 하며 물었다.

"지금까지 말한 게 전부 사실이라면 이해가 가지 않는 게 있습니다. 어째서 겔브레스 말고 다른 자들을 만들지 않은 겁니까?"

만약 겔브레스 같은 존재가 스무 명쯤 있었다면, 신성제국은 일찌감치 레비그라스를 통일했을 것이다.

대신관은 루도카의 손에 쥐어진 약통을 가리키며 말했다.

"이유는 두 가지가 있습니다. 첫 번째는 바로 그 약입니다. 재료가 특별해서 대량으로 만들어낼 수 없습니다. 이제 와서야 겨우 두 명분을 생산할 수 있게 되었을 정도니까요."

"아……."

"그리고 두 번째는 저입니다. 보이디아 차원으로 통하는 차원문을 만드는 것이 대단히 어렵습니다. 지구로 통하는 차원문을 만드는 것보다 몇 배는 어렵죠."

그리고는 테이블 위에 별 모양의 마법진을 그리기 시작했다.

"그리고 바빴습니다. 당장 지구인을 소환하는 '광역 차원문'

을 만드는 데만 30년이 걸렸으니까요. 저를 포함해 수많은 신관이 전력을 기울였습니다. 그 때문에 한동안은 보이디아 차원에 신경을 쓸 겨를이 없었죠."

"그렇군요."

루도카는 납득한 얼굴로 고개를 끄덕였다.

"그건 확실히 장관이었죠. 광역 차원문이 열리던 그 순간은… 저도 지켜봤습니다."

"네. 신성제국의 황족은 전부 초대돼서 관람하셨죠."

"지구의 전 지역에서 수백 명의 인간이 소환되는 그 모습은… 아니, 지금 중요한 건 그게 아니겠죠, 후우……."

루도카는 심호흡을 하며 물었다.

"그래서 보이디아 차원은 대체 어떤 곳입니까? 소문대로 우주의 모든 악의와 저주가 모인 공간입니까?"

"겔브레스는 '공허'라고 말했습니다."

대신관은 멀리 창밖을 보며 대답했다.

"공허와 허무만이 가득한 공간이라고 합니다. 그 이상은 아무것도 말해주지 않았습니다."

"만약 제가 가게 되면 그곳에 얼마나 있게 됩니까?"

"30분입니다."

"네?"

루도카는 부릅뜬 눈을 깜빡였다.

대신관은 양팔을 펼치며 말했다.

"정말 30분입니다. 겔브레스도 정확히 30분 만에 다시 레비그라스 차원으로 돌아왔습니다."

"그럼 고작 30분 만에 저주 스텟 500이 쌓인다는 말입니까?"

"네. 그 이상은 위험합니다. 솔직하게 말씀드려서 절대 안전이 보장된 일이 아닙니다. 그리고 미리 말씀드리지만 전하께서도 일단 전이의 각인을 받으셔야 합니다."

"제가 말입니까?"

루도카는 눈살을 찌푸렸다.

전이.

빛의 신 레비가 내리는 각인 능력으로, 지면에 마법진을 새겨 텔레포트 게이트를 만드는 능력이었다.

물론 말로 하면 대단해 보인다. 하지만 그 실상은 도시와 마을에 교통수단을 만드는 능력에 지나지 않았다.

일부 특별한 자들은 순식간에 게이트를 만들기도 하지만, 보통은 한 장소에 며칠씩 버티고 앉아서 게이트가 완성될 때까지 시간과 정신을 집중해야 했다.

"물론 황족이 전이의 각인 능력을 받는 건 수치스러운 일이겠죠. 하지만 보이디아 차원에서 안전하게 돌아오려면 꼭 필요합니다. 제 힘만으로는 반대편의 차원문을 완벽하게 유지할수가 없습니다."

"…그렇군요."

루도카는 한숨을 내쉬며 고개를 끄덕였다.

사실 그 정도의 수치를 감내하는 것은 아무것도 아니다.

지금 자신에게 필요한 건 오직 강해지는 것뿐이다.

운명을 개척할 만큼.

"당신이 마음에 품은 그분이, 바로 당신의 진정한 운명입니다."

루도카는 레너드가 했던 말을 떠올렸다.

그렇다면 자신은 결국 셀리아 황녀와 맺어질 것이다.

하지만 그것을 위해서는 압도적인 힘이 필요하다.

자유 진영 전체를 무너뜨릴 힘이.

혹은 신성제국을 파멸시킬 힘이.

오직 그것만이 자신이 셀리아와 맺어질 수 있는 유일한 길이었다.

하지만 자신은 그만큼 강해질 수 없었다.

'그래. 이게 바로 내 운명이다.'

그렇기 때문에 바로 지금 대신관이 제안을 해온 것이다.

명백한 한계를 넘어 압도적인 힘을 가질 수 있도록.

평소의 루도카라면 이런 불확실하고 말도 안 되는 제안 따위는 단숨에 거절했을 것이다.

하지만 그의 마음은 확신에 차 있었다.

이 모든 것은 자신의 운명을 위해 당연히 일어날 수밖에 없는 일이다.

정령사가 그렇게 말했으니 믿지 않을 이유가 없었다.

"알겠습니다."

루도카는 고개를 끄덕이며 말했다.

"대신관의 제안을 받아들이겠습니다. 부디 잘 부탁드리겠습니다. 제가 무사히 힘을 얻고 돌아올 수 있도록……."

*　　　*　　　*

"이건 힘들겠군."

커티스가 신관과 경비병으로 꽉 차 있는 '성물의 방' 보며 말했다.

"이야기를 들어보니 24시간 내내 이런 수준의 경비가 지속된다고 한다. 저번처럼 몰래 탈취해서 빠져나오는 건 무리야."

"저도 그렇게 생각합니다."

나는 고개를 끄덕였다.

이곳은 링카르트 공화국에 위치한 운명의 신, 젠투의 대신전이다.

지금까지 방문했던 대신전들과는 달리, 이곳은 도시와 한참 떨어진 외곽 지역에 홀로 덩그러니 세워져 있었다.

문제는 성물이 오픈된 공간에 놓여 있다는 것이다.

아르마스의 대신전처럼.

"파비라의 대신전처럼 밀폐된 공간에 금고처럼 보관되어 있다면 좋았을 텐데… 아쉽게 됐습니다."

그 탓에 몰래 성물을 빼돌리는 계획을 철회할 수밖에 없었다. 구조상 불가능했고, 경비도 삼엄했다.

당장 이곳의 입구까지 들어올 수 있던 것도 박 소위가 미리 정치력을 발휘했기 때문이다.

"안티카 왕국에서 대신전을 지킬 지원 병력을 보낸다는 보고는 미리 받았습니다. 우선 감사드립니다."

성물의 방의 입구에 서 있던 기사가 고개를 꾸벅이며 말했다.

"하지만 저희 공화국도 대신전의 수비를 위해 만반의 준비를 갖추고 있습니다. 안티카 분들은 가급적 대신전의 외곽 수비에 도움을 주시면 감사하겠습니다."

그것은 완곡한 거절의 표현이었다.

별수 없이 왔던 회랑을 다시 돌아 나오며, 나는 커티스와 함께 다음 계획을 논의했다.

"당장은 근처에 머물며 기회를 노려야 할 것 같습니다. 신성 제국이 공격해 올 때까지요."

"내 능력은 필요 없을 것 같군. 그런데 이런 곳을 기습하는 게 가능할까? 도심지가 아니라 일반인을 가장해서 섞여 들어오는 건 불가능할 것 같은데?"

"제 생각도 그렇습니다. 그리고 만약 공격해 온다 해도 쉽게 뚫리지 않을 겁니다."

나는 성물의 방 쪽으로 걸어가는 두 명의 마법사를 보며 말했다.

"아르마스의 대신전과는 경비 레벨이 완전히 다릅니다. 링카르트 공화국은 자유 진영을 떠받치는 두 개의 기둥 중 하나니까요. 오면서 눈에 띄는 몇 명을 스캐닝했는데… 강력한 전사와 마법사가 다수 배치되어 있었습니다."

커티스는 잠시 생각하다 물었다.

"그럼 네가 없어도 충분히 막을 수 있다는 건가?"

"네. 아르마스의 대신전과 비슷한 전력이라면 충분합니다."

"그런가? 그 겔브레스인가 하는 녀석은 비상식적으로 강하다 하지 않았나?"

"그만큼 대비가 철저합니다. 그리고 알고 당하는 것과 모르고 당하는 건 차이가 있죠. 미리 대처할 수 있게 강력한 마법사들을 동원해 놓은 것만 봐도 말입니다."

나는 겔브레스와의 전투를 떠올렸다.

그가 몸에 휘감고 있던 검은 기운은 오러를 포함한 물리력에 엄청난 내성을 가지고 있었다.

"하지만 신성제국도 바보가 아닌 이상, 더 강력한 전력을 준비할 겁니다. 말씀하신 대로 그걸 어떻게 여기까지 보낼지는 의문입니다만……."

그때 회랑이 끝나며 대신전의 중앙 홀이 나타났다.

그사이, 홀에 모인 신관들이 불안한 얼굴로 모여 수군거리고 있었다.

커티스는 눈살을 찌푸리며 작은 목소리로 말했다.

"왜 저러지? 10분 전까지만 해도 꽤나 담담해 보였는데."

"…성물의 방에 다녀오는 동안 뭔가 일이 터진 것 같습니다."

나는 근처에 있는 신관에게 다가가 자초지종을 물었다.

"뭔가 문제가 생겼습니까? 분위기가 좋지 않아 보입니다만."

"아… 안티카 왕국에서 오신 분들이군요."

신관은 내 얼굴을 알아보며 말했다.

"좀 전에 연락병이 대신전에 도착했습니다. 신성제국의 대군이 국경을 돌파했다고 합니다."

"네? 국경을 돌파했다면……."

"전쟁입니다."

신관은 소리가 들릴 정도로 침을 꿀꺽 삼켰다.

"신성제국이 링카르트 공화국을 침략했습니다. 정확히는 자유 진영을 침략했다고 해야겠죠. 다시 전쟁이 시작된 겁니다."

"링카르트의 군대는 어떻게 됐습니까?"

나는 곧바로 물었다. 신관은 고개를 저으며 설명했다.

"자세한 소식은 모릅니다. 다만 방향만 보면… 제국군의 진격 방향은 이곳 대신전인 것 같다고 하는군요. 아, 죄송하지만 잠시 실례하겠습니다."

신관은 홀에 들어온 또 다른 신관 무리를 발견하고는 그쪽으로 걸음을 옮겼다.

"그냥 대놓고 공격하겠다, 이거군."

옆에 있던 커티스가 혀를 차며 물었다.

"전쟁이라. 어떻게 하지? 예정대로 여기 머물다가 적이 공격해 오면 막아낼 건가?"

"전쟁은 좀 사정이 다릅니다만……."

나는 잠시 생각하다 고개를 저었다.

"하지만 이해가 안 되는군요. 신성제국의 행동이… 아무리 성물을 파괴하는 게 목표라도, 지금 시점에서 전쟁까지 불사하며 대병력을 이쪽으로 보내는 건 이상합니다."

"어째서?"

"승리에 도움이 안 되니까요."

나는 대신전의 넓은 홀을 둘러보며 말했다.

"극단적으로 말해서 이곳에 있는 성물을 파괴한다 해도 전쟁의 승패와는 아무 상관이 없습니다. 물론 젠투의 성물을 파괴하면 감정의 각인 능력이 사라지겠죠. 그게 대체 전쟁에 무슨 도움이 될까요? 오히려 불리한 싸움에 전력을 크게 소모할 뿐입니다."

"그렇지. 일단 시작된 전쟁은 성물을 파괴하든 말든 멈출 수 없을 테고."

"네. 그리고 서로의 전력이 비슷하다고 하면, 당연히 쓸데없는 곳에 전력을 소모한 쪽이 불리합니다."

나는 고개를 끄덕이며 말을 이었다.

"이제 소식이 전해졌을 테니 자유 진영의 모든 국가에서 일제히 전쟁에 돌입하겠죠. 지도를 보면 대치하고 있는 국경의 길이는 엄청납니다. 신성제국은 곧바로 전력 부족에 시달리게 될 겁니다."

그럼에도 불구하고 저들은 굳이 이런 방식을 선택했다.

'성물을 파괴하는 게 그렇게까지 중대한 일일까? 아무리 레비를 유일신으로 만든다는 목표가 있다 해도… 결국 전쟁에서 완패하면 모든 게 무용지물로 돌아갈 텐데?'

어쩌면 대승을 거둔 자유 진영이 보복 차원에서 레비의 성물을 파괴할지도 모른다.

물론 그것을 위해서는 나 같은 지구인이 필요하겠지만…….

"어쨌든 전투를 대비해야 할 것 같습니다. 커티스, 당신은 예정대로 따로 행동해 주시기 바랍니다. 최대한 안전한 곳에서 상황을 지켜보다, 여차하면 시공간의 주머니를 획득해서 빠져나가 주십시오."

"알겠다. 복면이라도 하나 구해봐야겠군."

커티스는 고개를 끄덕였다.

나는 본격적으로 무거워지는 대신전의 분위기를 느끼며 천천히 심호흡을 했다.

전쟁은, 예상보다 훨씬 빠르게 시작되려 하고 있었다.

· 57장 ·
젠투의 대신전 방어전

"현금을 확보하란 말이다, 현금을! 이래가지고 어떻게 사업을 유지할 수 있겠어!"

스카노스는 비서실장인 퓨레에게 재무지표를 집어 던지며 소리쳤다.

"어쩌다 상황이 이렇게 된 거냐! 불과 몇 달 사이에 이렇게까지 유동성이 악화되는 게 말이 돼? 재무 팀은 대체 뭘 하고 있던 거야!"

"…죄송합니다, 회장님."

퓨레는 일단 허리를 숙여 사과부터 하며 말했다.

"가장 큰 문제는 안티카 정부와 링카르트 공화국에서 지불

한 어음이 막혔기 때문입니다. 링카르트는 이번 달 말까지, 안티카는 다음 달까지 대금 지불을 거절했습니다."

"그게 말이 되나!"

스카노스는 테이블에 놓인 포션병을 바닥에 집어 던지며 소리쳤다.

"자유 진영에서 가장 강력한 두 국가가 동시에 대금 지불을 거절하다니! 이런 일은 있을 수가 없어! 동시에 날 엿 먹이려고 수작을 부리는 거야!"

"고… 고정하십시오. 두 나라 모두 완전히 거절한 건 아니라 단지 자금이 부족해서 한 달 정도 유예기간을 둔다고……."

"그 망할 한 달 동안 우리가 망하게 생기지 않았나!"

스카노스는 주먹을 움켜쥐며 이를 갈았다.

그가 회장으로 있는 랜드픽의 주력 사업은 국가를 상대로 하는 전쟁 물자의 공급이었다.

이것은 불황이 없는 사업이었다.

레비그라스가 자유 진영과 신성제국으로 양분되어 대립하는 이상, 군대가 필요로 하는 전쟁 물자는 설사 전쟁이 벌어지지 않더라도 끊임없이 소모될 수밖에 없다.

다만 문제가 있다면 국가를 상대로 하는 사업이다 보니 즉석에서 현금이 오고가는 일은 거의 없다는 것.

그런데 자유 진영에서 가장 강력한 두 국가가 동시에 대금 지불을 미룬 것이다.

"이 망할 놈들······."

스카노스는 눈알을 이리저리 굴리며 자신이 소유한 다른 사업들을 하나씩 떠올리기 시작했다.

"당장 돈이 나올 곳이라면 어디라도 좋아. 현금이 확보될 때까지 최대한 굴려라. 일단 투기장이 보유한 현금을 최대한 본사 쪽으로 돌려. 호텔 체인도 마찬가지다. '랜드픽 운수'도 자리를 잡았으니 슬슬 이익이 나올 테고······."

"죄송합니다만, 회장님."

퓨레는 이마에 흐르는 식은땀을 닦으며 말했다.

"투기장은 당분간 매출을 기대하기 어렵습니다. 저번의 그 사건 때문에 백룡기사단으로부터 공식적인 제재를 받았습니다. 앞으로 6개월간은 1체급을 제외한 그 어떤 시합도 벌일 수 없습니다. 그 탓에 투기장을 찾는 관광객이 급감해서······."

"잠깐! 그건 또 무슨 소리야!"

스카노스는 눈을 부릅뜨며 소리쳤다.

"그 사건이라니, 그 사건이 뭔데!"

"그러니까··· 투기장에 등록한 레비의 신관이 뱅가드의 호텔을 습격한 사건 말입니다."

"뭐? 이   ."

스카노스는 그제야 기억이 나는 듯 눈살을 찌푸렸다. 퓨레는 마른침을 삼키며 조심스럽게 말했다.

"지금 뱅가드에서 투기장에 대한 평판은 최악입니다. 반대로 차원경을 새로 사거나 차원 극장을 찾는 사람들의 숫자가 엄청나게 늘어나고 있어서……."

"그만! 짜증 나는 이야기는 그만해!"

스카노스는 발작하듯 소리쳤다.

그가 세상에서 가장 듣기 싫은 소리는 바로 경쟁사의 호황이었다. 퓨레는 발치에 떨어진 서류들을 집어 들며 기가 죽은 목소리로 말했다.

"죄, 죄송합니다. 그리고 호텔 체인 쪽은 최근 투숙객의 감소와 예약 취소로 골머리를 앓고 있다 합니다."

"뭐? 그건 또 왜!"

"그건… 자유 진영에 있는 대신전들이 습격을 당하고 있기 때문입니다. 안전 문제로 인해 자유 진영 내의 관광업이 위축되고 있습니다. 특히 크로아크의 대신전과 아르마스의 대신전에 있는 저희 랜드픽의 호텔과 도박장은 테러리스트의 습격으로 완전 괴멸했습니다. 사실 저번 주에 모두 보고드린 사항입니다만……."

퓨레는 입을 다물며 회장의 눈치를 살폈다.

스카노스는 한동안 멍한 얼굴로 비서실장을 바라보다 헉, 하는 소리를 냈다.

"아… 그… 그렇지. 내가 잠시 잊고 있었군. 요즘 정신이 없어서……."

"일단 계열사 쪽은… 어떻게든 허리띠를 졸라매라고 지시하겠습니다. 원자재 대금이나 본사 직원들의 월급은 아직 여유가 있으니 버틸 수 있습니다."

"…그래. 알았다."

스카노스는 한숨을 내쉬며 손사래를 쳤다.

"알았으니 알아서 지시해. 일단 물러나라. 내일까지는 아무것도 보고하지 말고."

"알겠습니다. 그럼 쉬십시오."

퓨레는 허리를 숙이며 회장실에서 빠져나갔다.

그리고 스카노스는 아직 테이블에 남아 있는 푸른색의 포션병을 집어 들어 벌컥대며 마시기 시작했다.

포션병에는 세련된 디자인으로 글자가 새겨져 있었다.

원기 회복 포션(크로니클 제약)

부족하다.

이딴 포션으로는 급격히 저하되고 있는 스카노스의 원기를 회복할 수 없었다.

주름지고 탄력을 잃은 피부, 윤기를 잃고 하얗게 센 머리카락, 그급 빅 휘이지기 시작한 허리.

현재 그의 외모는 평범한 70대의 노인으로 보일 만큼 노화된 상태였다.

하지만 어쩔 수 없었다. 그의 실제 나이는 80대였으니까.

문제는 레비의 대신전에서 보내주던 '영생의 물약'이 고갈되었다는 사실이다.

정체불명의 도둑에게 개인 금고가 탈취당한 이후, 스카노스는 가까스로 3개월분의 물약을 추가로 공급받았다.

하지만 실제로 온 건 한 달 치도 되지 않았다.

그리고 레비의 대신전과 이어져 있던 통신 라인이 끊어지는 바람에 당장 뭐라고 항의조차 할 수 없었다.

최악이다.

모든 것이 최악이었다.

영생의 물약의 효과가 극적인 만큼 그것을 끊었을 때의 효과 또한 극적이었다.

육체의 노화보다 심각한 건 두뇌의 노화다.

당장 기억력과 판단력이 극심하게 떨어졌다. 불과 저번 주에 보고받은 일을 망각할 정도로.

문제는 하필 이런 순간에 랜드픽의 명운을 뒤흔들 일들이 반복해서 터지고 있다는 것이었다.

정상적인 상태였다면 당연히 의심했을 것이다.

누군가 고의적으로 랜드픽의 파멸을 위해 광범위한 일을 벌이고 있다는 것을.

하지만 지금의 스카노스는 정상이 아니었다.

"약… 약이 필요해……."

스카노스는 퀭한 눈으로 자신의 금고를 돌아보았다.

마지막으로 금고를 도난당한 이후, 그는 자신의 오러를 감지해야만 열리는 특수한 금고를 새로 주문해 맞췄다.

금고에는 대문짝만 한 글씨로 '크로니클 금속'이라는 문자가 새겨져 있었다.

스카노스는 벌벌 떨리는 손으로 금고의 인식기에 손가락을 가져다 댔다.

철컥.

금고는 주인의 오러를 감지하며 깔끔하게 열렸다.

"대단하군……."

스카노스는 정신이 없는 와중에도 감탄했다.

크로니클이 신제품을 개발해 내는 속도는 실로 놀라웠다. 그들은 차원경으로 지구의 문명을 확인하고, 그걸 바탕으로 새로운 제품을 발명해 내는 개발 팀에 엄청난 연구비를 투입하고 있었다.

이 금고도 분명 지구의 무언가로부터 아이디어를 얻었을 것이다.

"클클… 클클클……."

스카노스는 목이 쉰 노인처럼 웃으며 금고 속의 포션병들을 꺼냈다.

영생의 물약.

이것이 마지막으로 남은 1회 분량이다.

제대로 효과가 발휘되려면 사흘에 1회씩, 최소 3개월을 복용해야 한다.

남은 분량이 얼마 없다고 해서 이렇게 찔끔찔끔 아껴 먹는 건 도움이 안 된다.

"이 망할 레비의 신관 놈들… 신의 저주나 받아서 몽땅 죽어버려라……."

스카노스는 약속을 어긴 레비의 대신관을 저주하며 포션병을 입으로 가져갔다.

그때 누군가 회장실의 문을 두드렸다.

"회장님, 손님이 찾아오셨습니다."

"오늘은 더 이상 아무도 안 만난다고 했잖아!"

스카노스는 반사적으로 소리쳤다. 그러자 문밖의 경호원이 조심스러운 목소리로 다시 말했다.

"죄송합니다. 하지만 그… 신관이라……."

"뭐?"

스카노스는 순간 눈을 부릅떴다.

신관.

그것도 뱅가드에 있는 랜드픽의 본사 건물에 찾아올 만한 신관은 결국 레비의 신관뿐이었다. 스카노스는 목소리를 낮추며 말했다.

"알았다. 들어오라고 해."

"네, 제가 모시고 들어가겠습니다."

"넌 됐으니까! 신관만 들어오라고 해!"

"하지만 그렇게 되면 회장님의 경호를……."

"됐으니까 어서!"

그러자 잠시 후, 하얀 옷을 입은 신관이 회장실로 들어왔다.

'누구지?'

스카노스는 처음 보는 얼굴이었다.

하지만 기억력이 심각하게 떨어졌기 때문에, 전에 봤으면서도 기억하지 못하는 걸 수도 있다.

20대로 보이는 젊은 신관은 커다란 여행 가방을 바닥에 내려놓으며 공손하게 인사를 건넸다.

"안녕하십니까, 회장님. 레비의 대신전에서 나온 유지니아라고 합니다."

그는 여자라고 해도 믿을 만큼 미인이었다. 스카노스는 윤기가 가득한 신관의 검은 머리카락을 보며 한동안 넋을 잃었다.

그러다 가까스로 정신을 차리며 소리쳤다.

"너희들! 약속대로 물약을 보내지 않았지!"

"죄송합니다. 그 점에 대해서는 먼저 사과를 드립니다."

유지니아는 꾸벅 고개를 숙이며 말했다.

"마침 대신관님께서 신형 물약을 개발하시는 바람에, 기존에 확보한 양이 부족해서 부득이하게 실례를 저질렀습니다."

"사과로 끝날 일이 아냐! 그것 때문에 당장 랜드픽이 흔들리고 있어! 이 회사는 내가 뿌리부터 붙들어 세웠어! 내가 없으면 유지가 불가능하단 말이다!"

"죄송합니다. 그래서 하이 템플러의 수장인 제가 직접 여기까지 찾아왔습니다. 그런데……."

유지니아는 여유 있는 태도로 회장실을 천천히 둘러보기 시작했다.

"확실히 스캐닝이 사라진 영향이 크군요. 아무리 회장님의 명령이 있다 해도 저 같은 존재를 이렇게 쉽게 여기까지 들여보내다니 말입니다."

"…뭐?"

"물론 제가 상대라면 밖을 지키는 경비들만으로는 역부족이겠지만요."

"무슨 소리지? 설마… 혹시 대신전에서 날 암살하려고?"

"아, 그건 절대 아닙니다."

유지니아는 즉시 고개를 저으며 가방을 집어 들었다.

"저는 그저 회장님의 안전이 걱정되어서 이런 말씀을 드린 겁니다. 그보다도 여기, 영생의 물약을 추가로 가져왔습니다."

"오… 정말인가?"

스카노스는 혹한 표정으로 신관을 향해 다가왔다. 신관은 가방을 열어 내용물을 직접 보여주었다.

"이게 바로 새롭게 만들어진 영생의 물약입니다."

가방 속에는 커다란 유리병 두 개가 들어 있었다. 스카노스는 퀭한 눈을 껌뻑이며 이상하다는 표정을 지었다.

"이건 뭔가… 너무 크지 않나?"

"여러 개로 나뉘어 있던 포션을 하나로 합쳐서 그렇습니다. 그리고 효과도 전에 비해 훨씬 좋아졌습니다."

"효과가 좋아졌다고?"

"전에는 사흘에 한 번씩 적정 분량을 마셔야 효과를 유지할 수 있지 않았습니까? 이젠 이 한 병만 마셔도 두 달 동안 효과가 유지됩니다."

"두 달이나!"

스카노스는 놀란 얼굴로 탄식했다.

"정말 이거 한 병만 마시면 두 달 동안 효과가 유지된다고?"

"네, 그렇습니다."

"그럼 이 두 병만으로도 넉 달이란 말인가?"

"네. 그리고 빠른 효과를 원하신다면 이 두 병을 동시에 마시셔도 괜찮습니다."

신관은 유리병을 꺼내 테이블 위에 올려놓으며 말했다.

"정량은 두 달에 한 병입니다만, 한 번에 두 병을 마셔도 괜찮습니다. 다만 그렇게 하면 효과가 석 달밖에 지속되지 않습니다."

"석 달이라… 그럼 한 달 손해 보는 거 아닌가?"

"그렇습니다만 노화가 회복되는 속도가 더 빨라집니다. 네. 지금 회장님처럼 노화가 심한 경우엔 지속 시간을 조금 희생하는 것도 나쁘지 않을 거라 생각합니다."

"아… 그렇군."

스카노스는 떨리는 손으로 포션병을 쓰다듬었다. 신관은 빙긋 웃으며 한 발 뒤로 물러섰다.

"그럼 저는 이만 돌아가 보겠습니다. 괜찮으시다면 '석 달' 후에 다시 찾아뵐까 하는데 어떠십니까?"

"아… 그래, 꼭 석 달 후에 찾아와라."

"네. 그럼 빛의 신의 가호가 당신과 함께하길 바라며……"

신관은 우아한 자세로 인사를 건네며 회장실을 빠져나갔다.

그리고 다시 혼자가 된 스카노스는 조금의 여유도 두지 않고 즉석에서 포션병을 마개를 뜯어냈다.

"좋아. 역시 죽으란 법은 없지……"

그리고는 단숨에 내용물을 들이켜기 시작했다.

그것은 1리터 정도의 검붉은 액체였다.

병이 두꺼운 바람에 보기보다 내용물이 많지는 않았다. 스카노스는 남은 한 병도 뜯어 연속으로 벌컥거리며 들이켰다.

꿀꺽… 꿀꺽……

"크으……"

그리고는 빈병을 힘차게 테이블 위에 내려놓았다.

"…아주 좋군."

순식간에 정신이 명료해지며 생기가 돌기 시작했다.

스카노스는 곧바로 거울을 들어 자신의 얼굴을 비췄다.

놀랍게도 찌글찌글하던 피부가 눈에 보일 만큼 빠른 속도로 젊어지기 시작했다.

비록 하얗게 센 머리카락의 색이 돌아오진 않았지만, 순식간에 수십 년은 젊어진 것처럼 보였다.

"크크… 하하하하하하하!"

스카노스는 상쾌한 얼굴로 웃기 시작했다.

"이거야! 신형이라더니 진짜 효과가 좋군!"

구형 물약은 이 정도까지 극적으로 변하진 않았다.

심지어 양팔에 없던 근육까지 잡히기 시작했다. 스카노스는 놀랍다는 눈으로 자신의 몸을 내려다보았다.

"대단해… 심지어 근육까지? 이거라면 단숨에 회사를 정상으로 돌려놓을 수 있겠어!"

물론 근육으로 회사를 경영하는 것은 아니다.

하지만 온몸에 에너지가 넘치고, 두뇌가 명료하고 빠르게 회전한다면 가능하다.

그는 원래 누구보다 명석한 사람이었다. 흔들리기 시작한 랜드픽을 정상으로 돌려놓는 일쯤은 아무것도 아니었다.

"그래… 맞아. 그렇게 된 거군. 이제 이해가 간다."

동시에 지금 랜드픽에서 벌어지는 모든 일의 원흉을 추리할 수 있었다.

크로니클이다.

랜드픽과 함께 자유 진영의 재계를 양분하고 있는 크로니클이 공격을 시작한 것이다.

"그래. 글라시스가 안티카의 왕족들과 친하지. 그쪽을 구워

삶은 거야. 이 비열한 놈들… 그런다고 내가 눈 하나 깜짝할 것 같나?"

스카노스는 안티카 왕국과 크로니클에게 보복하기 위한 수많은 계략을 순식간에 떠올렸다.

지금의 자신이라면 그 모든 것을 완벽하게 성공시킬 수 있을 것 같았다.

마치 온 세상의 진리를 깨달은 것처럼 머리가 잘 돌아갔다.

그리고 여태껏 한 번도 가지지 못한 육체의 힘까지 느낄 수 있었다.

이 정도면 1단계 오러 유저, 아니, 2단계 오러 유저도 가볍게 넘어선 게 아닐까 하는 착각마저 들었다.

"아니, 착각이 아니야……."

스카노스는 나지막하게 중얼거리며 빈 포션병을 움켜쥐었다.

콰직!

그리고 손아귀의 힘만으로 두꺼운 유리병을 으스러뜨렸다.

놀랍게도 손바닥엔 긁힌 상처조차 남아 있지 않았다.

레비의 대신전은 실로 엄청난 물건을 만들어낸 것이다.

하지만 그걸로 끝이 아니었다.

"…음?"

스카노스의 근육은 거기서 멈추지 않고, 점점 더 크게 부풀어 오르기 시작했다.

동시에 온몸이 쑤시기 시작했다.

부푸는 근육과 함께 뼈까지 우둑거리며 늘어나고 있다.

"큭… 이건…… 대체……."

스카노스는 우악스럽게 커지는 자신의 양손을 노려보았다.

동시에 몸 전체에 검은 기운이 솟구치기 시작했다. 그는 참을 수 없는 고통과 함께 비명을 지르기 시작했다.

"쿠우우우우워어어어어어어어!"

그것은 이미 인간의 비명 소리가 아니었다.

*   *   *

"제국군은 중간에 있는 모든 도시와 성채를 무시하고 이쪽으로 직진하고 있다."

링카르트 공화국의 제2군단 군단장인 도르트가 전황을 설명했다.

"중간에 공화국 지역 수비대가 시간을 끌어보려 했지만 역부족이었다. 우리 3군단은 이곳 언덕에 포진해서 적을 받아낸다."

언덕 위에는 젠투의 대신전이 있다. 나는 약 2만 명의 병력이 포진된 넓은 언덕을 둘러보며 물었다.

"방어 병력은 이게 전부입니까? 추가적으로 지원군이 예정되어 있습니까?"

"당분간 지원군은 없다."

쉰 살 정도로 보이는 도르트는 심각한 얼굴로 눈살을 찌푸리고 있었다.

"1군단과 2군단은 다른 국경에서 제국군과 대치중이다. 4군단은 수도를 지켜야 하기 때문에 함부로 병력을 돌릴 수 없다. 자유롭게 움직일 수 있는 건 내 3군단뿐이다."

링카르트 공화국의 군 편제는 총 4개 군단으로 나뉘어 있었다.

그리고 각 군단에서 자체적으로 기사단과 마법사단을 보유해 운용하는 형태였다.

'군대의 구조는 오히려 안티카 왕국보다 현대적이다. 그렇다고 무조건 강한 건 아니겠지만……'

"그래서 어떻게 할 생각인가, 안티카의 문주한?"

도르트는 내 몸을 위아래로 살피며 말했다.

"나는 그대가 안티카 왕실의 소개장을 들고 왔다는 것밖에 모른다. 전투에 지원해 준 건 고맙지만, 외려 전열을 흩뜨리지 않으려면 사전에 정보를 교환하는 게 낫지 않겠나?"

해석하면 힘이 얼마나 강한지 보고하라는 이야기였다. 나는 먼저 맵온을 열고 마음속으로 말했다.

'인간.'

그러자 지도에 붉은 점이 빽빽하게 채워졌다. 나는 지도에서 내 쪽을 향해 천천히 이동하는 한 무리의 붉은 덩어리를 보며 물었다.

"군단장님, 이금 이쪽으로 오는 인간은 오직 제국군뿐이겠죠?"

"인간? 물론이다. 이 근처엔 도시나 마을이 없으니까."

"그렇다면 접근 중인 적의 총규모는⋯ 8천 명가량입니다."

"뭐? 그걸 어떻게 알고 있지?"

제 맵온의 각인이 최상급이라서 그렇습니다.

물론 이렇게 말할 수는 없었다. 나는 대충 둘러대며 설명했다.

"제 동료가 적진을 정찰하고 미리 알려줬습니다."

"동료?"

"네. 눈이 아주 좋은 동료입니다. 그리고 저는⋯ 실전 타입이죠."

나는 몰려오는 적이 가장 밀집해 있는 곳을 주시하며 말했다.

"그리고 전열에 대해서는 고민하실 필요가 없습니다. 저는 먼저 가서 혼자 싸울 테니까요."

"뭐? 그게 무슨 소린가?"

"제가 먼저 적진에 가서 적을 교란시키고 피해를 입힌 다음에 빠지겠습니다. 군단장님은 그 후에 적과 전면전에 돌입하시길 바랍니다."

"아니, 잠깐⋯⋯."

도르트는 말도 안 된다는 표정을 지었다.

"지금 제정신인가? 대체 자네가 뭐라고 적진에 혼자 가서 피해를 입힐 수 있다는 거지? 설마 3단계 소드 익스퍼트라도 되나?"

"그렇지 않습니다."

나는 고개를 저었다. 도르트는 그거 보라는 얼굴로 소리쳤다.

"그럼 자살행위야! 우리 군에도 뛰어난 전사와 마법사가 있어. 하지만 아무리 그래도 단독으로 전투에 투입시키지는 않네. 왜냐고? 바로 그들이 전쟁의 승패를 좌우하기 때문이야! 쓸데없이 '능력자'를 희생시키면 아무리 병력이 많아도 전쟁에서 승리할 수 없네! 안티카에서는 장교에게 그런 것도 가르치지 않는 건가?"

물론 가르칠 것이다.

심지어 가르침을 받지 않은 나 같은 사람도 레비그라스에서 어떤 식으로 전투가 진행되는지 예측할 수 있었다.

'결국 양 진영에 얼마나 강력한 능력자가 몇 명이 존재하며, 그들이 자신의 힘을 얼마나 온건히 발휘할 수 있는지가 승패의 요인이겠지.'

여기서 능력자란 적어도 소드 익스퍼트 이상급의 존재를 말한다. 나는 계속해서 움직이는 지도의 붉은 점들을 보며 천천히 고개를 끄덕였다.

"물론 그렇습니다. 하지만 제 목표는 이 전투에서 승리하는 게 아닙니다."

"뭐라고?"

"제가 받은 임무는 젠투의 대신전을 지키는 것뿐입니다. 물론 전투에서 링카르트군이 패배하면 곧바로 대신전도 무너지겠죠. 그래서 제가 일종의 미끼 역할을 하려는 겁니다."

나는 가볍게 오러를 발동시키며 계획을 설명했다.

"저는 적진을 흔든 다음 곧바로 대신전으로 도망칠 겁니다. 그럼 반드시 적의 능력자들이 추격을 해오겠죠. 이것만으로도 전면전이 벌어졌을 때 링카르트군이 유리해지지 않겠습니까?"

"물론 그렇지만……"

도르트는 이해할 수 없다는 얼굴로 날 바라보았다.

"그래도 자네가 위험해지는 건 마찬가지 아닌가? 보아하니 1단계 소드 익스퍼트 같은데… 만약 2단계 소드 익스퍼트라도 추격해 온다면 오래 버티지 못할 거야."

"그건 제가 알아서 하겠습니다."

나는 한쪽 어깨를 으쓱이며 말했다.

"확실한 건 적이 잠시라도 혼란에 빠질 거란 사실입니다. 부디 그때를 놓치지 말고 총공격을 감행하시기 바랍니다."

그러고는 종종걸음으로 언덕을 내려가기 시작했다.

"후우……"

등 뒤로 도르트의 한숨 소리가 들렸다.

'웬 애송이 하나가 객기를 부려서 아까운 목숨을 던진다고 생각하겠지……'

분명 그렇게 생각할 것이다.

물론 곧바로 당황하겠지만.

나는 잠시 후에 그가 어떻게 반응할지를 상상하며 남은 마력의 잔량을 체크했다.

마력: 405(405)

*　　　*　　　*

젠투의 대신전으로 몰려오는 적의 숫자는 약 8천 명이었다.

그중의 상당수가 전면의 중앙에 집중되어 있다. 규모가 워낙 커서 인간의 눈으로는 구분이 힘들지만, 맵온으로 보면 적의 진형과 밀집도를 한눈에 알 수 있었다.

'중세 스타일의 전쟁에서는 정말 최고의 각인 능력이군.'

하지만 이곳은 중세가 아니다.

레비그라스.

8천 명과 1만 5천 명이 동시에 붙어도, 8천 명이 압도적으로 승리할 수 있는 판타지 차원.

바로 그렇기에 지금 내가 혼자서 적진을 향해 달리고 있는 것이다.

그때 눈앞에 소수의 적이 보였다.

'정찰대다.'

존재 자체는 이미 맵온으로 확인했다.

본대의 앞에 따로 돌출되어 있는 삼십여 명의 무리.

그런 것들이 총 열 개가 있다.

'지휘관으로 보이는 2단계 오러 유저가 하나. 절반은 1단계 오러 유저, 나머지는 일반인이다.'

나는 육안으로 적의 구성을 확인했다.

그리고 돌진 속도를 높였다.

"소드 익스퍼트다!"

순간 적의 정찰대가 소리쳤다.

그와 동시에 나는 그냥 몸으로 정찰대를 돌파했다.

콰과과과과과과과광!

인간의 몸이, 인간의 몸에 받혀 날아간다.

칼도 뽑지 않고, 오러 실드도 만들지 않았다.

그냥 1단계 소드 익스퍼트의 힘과 속도와 내구력이면 충분했다.

그러자 3백 미터쯤 떨어진 전방에 적의 대군이 보였다.

8천 명.

그것을 군대라고 하면, 딱히 많은 숫자처럼 느껴지지 않는다.

하지만 실제로 보면 말도 안 되는 규모다.

마치 끝없는 지평선처럼 인간들이 끝없이 펼쳐져 있다.

순간 적진에서 고함 소리가 울렸다.

"적습!"

"적습이다!"

"적의 단기 돌파다! 전원 대비하라!"

동시에 무수한 인간의 몸에서 오러의 빛이 솟아올랐다.

붉은색.

그리고 드물게 주황색 오러가 보였다.

'강력한 적은 후방에 있겠지.'

충분히 예상했던 일이다.

하지만 방심할 수는 없었다. 나는 지속 시간을 고려해 끝까지 아껴뒀던 정령왕의 힘을 발동시켰다.

'노바로스의 강화.'

그러자 몸에 붉은 화염이 솟아올랐다.

푸확!

동시에 눈앞의 세상이 마치 정지한 것처럼 보였다.

빠르다.

지금 내가 전력으로 질주하면 단숨에 수천의 적진을 대나무처럼 쪼개 버릴 수 있을 것이다.

하지만 그건 내 목표가 아니었다. 나는 적의 전열과 충돌하기 직전에 브레이크를 걸며 마력을 끌어 올렸다.

그리고 손바닥으로 지면을 내려쳤다.

콰지지지지지지지지지지지직!

그것은 균열이었다.

손바닥이 닿은 곳을 시작으로, 적진을 향해 지면이 갈라지기 시작했다.

거미줄처럼 촘촘하게.

방사형으로.

그리고 엄청난 속도로.

그다음은 비명의 향연이었다.

"우와아아아아아악!"

"으아아아아아악!"

"뭐, 뭐야!"

"캬아아아아악!"

무수한 신성제국의 병사들이 균열 속으로 추락하며 비명을 질렀다.

베리드(Buried).

아크 위저드 바로 아래인, 3단계 하이 위저드만 쓸 수 있는 6단계 마법.

아이러니한 사실은 내게 이 마법을 가르쳐 준 것이 바로 신성제국의 아크 위저드란 사실이다.

폭이 백 미터쯤 되는 부채를 펼치면, 그것이 바로 이 마법의 효과 범위다.

갈라진 균열의 깊이는 평균 8미터,

균열의 폭은 약 3미터.

설사 운 좋게 균열과 균열 사이에 서 있다 해도, 지속되는 지진으로 균형을 잃고 균열에 추락하기가 일쑤다.

하지만 이 마법의 핵심은 단순히 지진을 일으켜 균열을 만드는 것이 아니었다.

"망할!"

"젠장! 대체 뭐야!"

"이건 뭐지? 적의 마법인가?"

오러를 다루는 적의 병사들이 힘겹게 균열 밖으로 기어 올라오는 게 보인다.

그들에게 주어진 시간은 약 5초였다.

내가 최대한 빠르게 마법을 마무리 지을 수 있는 시간이 5초였으므로…….

5초가 지나자, 갈라진 균열이 다시 모이며 봉합됐다.

쿠구구구구구구구구구구궁!

그리고 전장에 침묵이 찾아왔다.

더 이상 함성도, 비명 소리도 들리지 않았다.

남은 것은 가까스로 탈출한 오러 유저들의 멍한 얼굴뿐이었다.

'얼마나 해치웠지?'

맵온을 확인하자 붉은 덩어리의 일부가 작은 부채꼴 모양으로 소멸했다.

나는 곧바로 전장에 있는 인간의 숫자를 확인했다.

[인간 — 7,483]

약 500명이 줄었다.

[인간 — 7,411]
[인간 — 7,383]
[인간 — 7,269]

그리고 실시간으로 계속 줄어들었다. 나는 봉합된 지면이 미세하게 꿈틀거리는 걸 보며 곧바로 몸을 돌렸다.

그러자 적막하던 적진에서 다시 함성이 울려 퍼졌다.

"도망친다!"

"잡아! 잡아라!"

"길을 비워! 기사단이 움직인다!"

"살려 보내지 마라!"

나는 방향을 바꿔 북쪽으로 내달렸다.

링카르트군은 서쪽 언덕 위에 포진해 있지만, 내 목표는 적을 아군 진형으로 끌어들이는 게 아니었다.

'몇 명이나 쫓아오려나?'

나는 뒤를 돌아볼 필요도 없이, 맵온으로 추격자의 숫자를 확인했다.

약 2백 명.

그중에 여덟 명 정도가 눈에 띄게 빠른 속도로 돌출되어 있었다.

"적은 1단계 소드 익스퍼트다!"

"하지만 빨라! 거리를 못 좁히겠다!"

"범상한 놈이 아니야!"

"방금 그건 뭐지? 마법인가?"

추격하는 자들의 고함 소리가 들렸다. 나는 2분 정도 북쪽으로 질주한 다음, 곧바로 몸을 돌려 추격하는 적들을 마주했다.

"좋아, 따라잡았다!"

선두에 있는 기사가 반색하며 소리쳤다.

물론 착각이다. 일부러 따라올 수 있도록 속도를 조절했을 뿐.

"죽어라! 자유 진영의 앞잡이!"

녀석은 녹색 빛의 오러를 번뜩이며 가차 없이 검을 날렸다.

하지만 느리다.

나는 몸을 틀어 적의 공격을 피했다.

부우우우웅!

허공을 가르는 칼 소리가 요란했다.

'아, 그러고 보니……'

나는 그제야 내가 칼조차 뽑고 있지 않았다는 사실을 깨달았다. 뒤늦게 칼을 뽑아 휘두를 때까지 적은 반응조차 하지 못했다.

콰직!

파직!

상반신을 보호하는 두꺼운 갑옷과 몸을 감싼 오러가 동시에 파열되었다.

그리고 살덩이와 근육과 내장이 단숨에 베여 날아갔다.

푸확!

불쾌한 냄새가 사방으로 퍼지는 가운데, 나는 두 번째로 가까운 곳에 있던 적을 향해 몸을 날렸다.

키가 큰 1단계 소드 익스퍼트.

녀석의 눈은 경악으로 가득 차 있다.

나는 그저 최속으로 접근한 다음, 적의 가슴 한복판을 향해 찌르기를 날렸다.

콰직!

단숨에 갑옷을 꿰뚫으며 칼끝이 몸속으로 파고들었다.

심장 속으로.

하지만 적은 아랑곳없이 치켜 든 칼을 마저 휘둘렀다.

부웅!

하지만 그곳에 이미 나는 없었다.

나는 찌르기보다 더 빠르게 칼을 뽑아낸 다음, 바로 지면을 박차며 측면에 도착한 새로운 적을 향해 몸을 날렸다.

그리고 녀석의 목을 베어 날린 다음.

푸확!

아직 남은 적들을 노려보며 그 자리에 버티고 섰다.

"대체 이건……."

금발의 우락부락하게 생긴 여자가 부릅뜬 눈으로 날 노려보고 있었다.

주위로 네 명의 적이 추가로 도착했다.

'여자만 2단계 소드 익스퍼트. 나머지는 전부 1단계다.'

나는 오러의 색으로 적의 수준을 파악하며 천천히 뒷걸음쳤다. 마치 그만 물러나고 싶다는 듯이.

그러자 적들이 움찔하며 몸을 앞으로 내밀었다.

"잠깐!"

순간 금발 여자가 손을 펼치며 동료들을 제지했다.

"기다려! 저건 뭔가 이상하다! 너희들은 나서지 마!"

그러고는 자기 혼자서 내 쪽으로 걸음을 옮겼다.

좋은 판단이다.

그사이 서남쪽의 언덕에서 웅장한 함성 소리가 울려 퍼졌다.

우오오오오오오오오오!

그것은 언덕 위에 포진하고 있던 링카르트군이 일제히 돌격하는 소리였다.

"……!"

덕분에 접근하던 여기사의 신경이 분산되었다. 나는 그 순간을 노려 적을 향해 컴팩트 볼을 집어 던졌다.

콰과과과과과과과과광!

폭발과 함께 사방으로 뿌연 흙먼지와 녹색 오러의 잔해가 피어올랐다.

내가 노린 것도 바로 그것이었다. 나는 폭발과 동시에 적을 향해 몸을 날렸다.

"큭……."

여기사는 먼지 속에서 몸을 웅크리고 있었다.

오러 실드로 전면을 가린 채.

하지만 소용없는 짓이었다. 나는 가볍게 몸을 틀며 측면으로 이동해 적의 옆구리에 칼을 찔러 넣었다.

콰직!

그리고 뽑는 대신 휘둘렀다.

콰지지직!

두꺼운 갑옷이 종잇장처럼 찢겨나며 붉은 피를 사방으로 흩뿌렸다.

'이게 이렇게 쉽게 뚫리다니…….'

나는 마음속으로 혀를 차며 뒤로 빠졌다.

내가 기억하는 전생에서 갑옷을 입은 2단계 소드 익스퍼트는 말 그대로 난공불락이었다. 그들은 전차포는 물론, 헬기가 탑재한 헬파이어 미사일을 직격으로 맞고도 끄떡 없이 버텨냈다.

'물론 나중에 귀환한 3단계 소드 익스퍼트나 소드 마스터에 비할 바는 아니지만…….'

어쨌든 괴물이었다.

그리고 그런 괴물을 지금의 나는 칼 한 자루로 베어 날리고 있었다.

나 역시 훌륭한 괴물이었다.

그사이 컴팩트 볼이 만들어낸 먼지가 가라앉았다.

"이런……."

"말도 안 돼……."

뒤쪽에서 대기하던 신성제국의 기사들이 절명한 여기사를 보며 경악했다. 동시에 두려움에 물든 표정이 광기로 돌변했다.

"이교도를 죽여라!"

"원수를 갚자!"

"빛의 신을 거부하는 자에게 죽음을!"

그러고는 네 명이 동시에 컴팩트 볼을 날렸다. 나는 찰나의 순간에 뒤쪽으로 몸을 날리며 직격을 피했다.

콰과과과과과과과과과광!

그래도 폭발은 요란했다.

내가 만든 것보다 네 배 정도.

그 때문에 먼지도 훨씬 자욱하게 피어올랐다. 적들은 아랑곳하지 않고 자신들이 만든 먼지 속으로 주저 없이 몸을 날렸다.

그것은 마치 불 속으로 몸을 날리는 불나방과 같았다.

· 58장 ·
소드 마스터 바로 아래

20초면 충분했다.

그것은 적들이 스스로 시계의 불리함을 감수했기 때문이다.

그에 비해 나는 자욱한 먼지 속에서도 적의 움직임을 사전에 파악할 수 있었다.

"맵온은 정말 유용하군……."

나는 지도에 남은 단 하나의 붉은 점을 보며 중얼거렸다.

맵온의 표시 범위를 최소한으로 줄여놓으면, 설사 눈으로 보지 않더라도 적의 위치와 움직임을 알 수 있다.

물론 기량이 비슷한 적을 상대로는 오히려 악영향을 끼칠지도 모른다. 신경이 분산되어 눈앞의 적에 대한 집중력이 떨어질 테니까.

하지만 추격해 온 적들은 적수가 아니었다.

그리고 내 집중력은 이 정도 멀티태스킹에 흔들릴 만큼 약하지 않았다. 나는 사방에 널브러진 시체들을 보며 천천히 심호흡을 했다.

전장은 본격적인 전투가 벌어지고 있었다.

레비그라스의 전쟁을 실제로 보는 건 처음이었다. 갑옷을 입은 병사들이 직접 충돌하며 육박전을 벌이고 있다.

얼핏 보면 중세의 전쟁이 떠올랐다.

하지만 실체는 전혀 달랐다.

순간 전선의 중심부에서 폭발이 일어났다.

콰과과과광!

순식간에 수십 명의 병사가 절명한 가운데, 기회를 노린 소드 익스퍼트 하나가 빠른 속도로 제국군의 진형 속으로 파고들었다.

그러자 마찬가지로 대기하고 있던 제국군의 전사가 부리나케 뛰어나와 적의 앞을 가로막았다.

전선의 각지에서 이런 일이 반복해서 벌어지기 시작했다.

결국 누가 더 강력한 능력자를, 그것도 더 많이 보유했는지가 핵심이다.

그 과정에서 죽어나가는 수천의 병사는 들러리나 다름없었다.

그나마 1, 2단계의 오러 유저로 구성된 집단은 그보다 더 강한 능력자들의 공세에 효과적으로 버틸 수 있었다.

그들이 버티는 사이, 모습을 드러낸 적의 능력자와 최소 같은 등급의 능력자를 투입한다.

혹은 더 강하거나.

혹은 더 다수거나.

'대충 이런 식으로 흘러갈 거라고 예상했지만……'

나는 고개를 저으며 몸을 돌렸다.

전투가 시작하기도 전에 수백 명의 병사를 일거에 해치웠고, 거기에 총 여덟 명의 소드 익스퍼트를 제거했다.

이 정도면 전투에서 링카르트군이 패배하진 않을 것이다. 나는 그렇게 판단하며 대신전이 있는 곳으로 달려 돌아갔다.

＊　　＊　　＊

"어떻게 됐습니까!"

대신전에 도착하자 젠투의 신관들이 반색하며 몰려들었다.

'커티스는 이미 몸을 숨겼나 보군.'

나는 중앙 홀에 커티스의 모습이 보이지 않는 것을 확인하며 대답했다.

"확신할 수는 없지만 링카르트군이 우세합니다."

"오오!"

신관들과 병사들 사이에서 탄성이 터졌다. 나는 중앙 홀의 한쪽 구석으로 자리를 옮긴 다음, 품속에 있는 시공간의 주머니 속으로 손을 집어넣었다.

"안티카 왕국에서 오신 문주한 님이라고 하셨지요?"

그러자 나이 많은 신관 하나가 다가왔다.

"저는 이곳에서 재무와 인사를 맡고 있는 바리엔트라고 합니다. 우선 위급할 때 주신 도움의 손길에 깊은 감사를 드립니다."

그러고는 부담스러울 정도로 깊이 허리를 숙였다. 나는 시공간의 주머니 속에서 마력 회복 포션을 꺼내며 고개를 끄덕였다.

"저야말로 젠투의 대신전을 지키는 데 힘을 보탤 수 있어 영광입니다. 그런데 신관님, 안쪽의 경비 상황은 어떻습니까?"

"안쪽이라면 성물의 방 말씀이십니까?"

"네. 아무래도 파비라의 대신전과는 성물의 방의 구조가 많이 다른 것 같아서 걱정되는군요."

파비라의 대신전은 완전히 밀폐된 금고 같은 공간 속에 성물이 보관되어 있었다. 신관은 무슨 소린지 알겠다는 듯 고개를 끄덕이기 시작했다.

"아… 확실히 파비라는 미로 같은 곳에 성물이 보관되어 있지요. 하지만 걱정 마십시오. 저희들도 대신관님을 비롯해 싸울 수 있는 모든 신관이 성물의 방에 집결해 지키고 있으니까요."

그렇다면 역시 사람들의 눈을 피해서 성물을 훔쳐내는 건 무리겠지.

신관은 알 수 없다는 표정으로 말을 이었다.

"그런데 링카르트군이 우세하다고 하지 않으셨습니까? 그렇다면 제국군이 여기까지 도착할 일은 없을 텐데요?"

"보통은 그렇게 생각하겠죠."

나는 성물의 방과 연결된 회랑의 입구를 돌아보며 말했다.

"하지만 적의 목표는 전투에서 승리하는 게 아닙니다. 성물을 파괴하는 거죠. 그렇다면 언덕 아래서 벌어지고 있는 전투 자체가 양동작전일 가능성이 있습니다."

"양동작전?"

"미끼란 말입니다. 시선이 전장으로 쏠려 있는 동안, 소수의 정예들이 대신전을 직접 노리고 올지 모릅니다."

"오… 과연 그럴 수도 있겠군요. 그런데……."

신관은 감탄하는 와중에 당황하며 말했다.

"대체 그 병들은 다 어디서 나온 겁니까?"

내가 꺼낸 포션병은 총 스무 개였다. 나는 먼저 내가 보유한 마력 스텟을 확인했다.

마력: 125(405)

최대치에서 280이 소모됐다.

노바로스의 강화가 100, 베리드가 180이다. 나는 곧바로 병 하나를 뜯어 마시며 한숨을 내쉬었다.

"후우… 신경 쓰지 마십시오. 마술 같은 거니까."

"마술요?"

"모자에서 토끼를 꺼내는 그런 마술 말입니다."

나는 대충 얼버무리며 마력 회복 포션을 연신 들이켰다.

크로니클에서 개발하고, 개량을 거듭하고 있는 마력 회복 포션은 병당 6에서 7의 마력 스텟이 회복된다.

결국 여기 있는 스무 병을 다 마셔도 마력이 최대치까지 회복되진 않을 것이다.

하지만 그래도 마시는 수밖에 없었다.

내 예상이 맞는다면 적은 반드시 양동부대를 따로 보낼 테니까.

"저… 그렇게 마셔도 배가 안 부릅니까?"

신관이 걱정스러운 목소리로 물었다. 나는 순식간에 스무 병째의 포션을 들이켠 다음 대답했다.

"괜찮습니다. 포션이라 금방 흡수되거든요."

"포션요? 이게 다 포션이었습니까? 근력 회복 포션? 체력 회복 포션?"

"비슷한 겁니다. 그건 그렇고……."

나는 곧바로 맵온을 열며 물었다.

"대신전 주변에 방어 병력을 배치해 두셨습니까?"

"방어 병력요? 아닙니다. 모든 신관과 경비병들은 대신전의 입구를 지키거나 내부를 지키고 있습니다."

"그렇다면 밖에서 다가오는 것은 전부 적이겠군요."

마침 대신전의 동쪽으로 십여 개의 붉은 점이 빠르게 접근해 왔다.

"밖에서 누가 다가오는지 어떻게 알 수 있습니까?"

신관은 영문을 모르겠다는 얼굴로 물었다. 나는 붉은 점들이 다가오는 방향을 노려보며 대답했다.

"저는 레이더가 있어서요."

"네?"

"그런 게 있습니다. 어쨌든 저쪽, 동쪽 벽으로부터 사람들을 물리는 게 좋겠군요."

"어째서… 아니, 알겠습니다."

신관은 즉시 목청을 높이며 소리쳤다.

"모두 저쪽 벽으로부터 떨어지십시오! 제국군이 기습할지도 모릅니다! 모두 방어 대형을 갖추십시오!"

그러자 중앙 홀에 있던 신관과 경비병들이 즉시 대열을 갖추기 시작했다.

'이름이 바리엔트라고 했나? 말을 따르는 걸 보니 신전에서 지위가 높은 신관인가 보군.'

나는 만족하며 맵온을 노려보았다.

접근하는 붉은 점은 정확히 열두 개.

그리고 순식간에 대신전의 동쪽 벽을 관통했다.

하지만 맵온이 아닌 현실의 동쪽 벽은 아무런 변화가 없었다.

"…응?"

나는 여전히 멀쩡한 동쪽 벽을 바라보았다.

그사이, 맵온의 붉은 점들은 대신전의 중앙 홀에 있는 다른 붉은 점들과 섞여 버렸다.

'뭐지, 이건? 맵온이 고장 난 건가?'

이해할 수 없는 현상이었다.

적들이 유령처럼 벽을 관통해서 중앙 홀로 들어온 걸까?

그럴 리가 없다.

그 순간, 나는 적에게 허를 찔렸다는 것을 느꼈다.

물론 적들에겐 내 허를 찌를 생각이 없었겠지만……

"하늘이다!"

나는 급하게 소리를 지르며 천장을 올려다보았다.

그와 동시에 중앙 홀의 높은 천장의 한가운데가 폭발을 일으키며 박살 났다.

콰과과과과과광과!

그리고 여섯 명의 남자가 뚫린 구멍 속으로 몸을 던졌다.

'망할!'

나는 순간적으로 오러를 발동시키며 천장을 향해 컴팩트 볼을 집어 던졌다.

다섯 개를 연속으로.

콰과과과과과과과과과과광!

그러자 그에 화답하듯, 진한 청색의 컴팩트 볼이 중앙 홀의 중심부에 내리꽂혔다.

콰과과과과과과과과과과광!

엄청난 위력이었다.

직격이 아님에도, 나는 적의 컴팩트 볼이 가진 힘을 충분히 실감했다.

직격을 맞은 십여 명의 신관은 잘게 찢어진 고깃덩이가 되었고, 주변에 있던 모두가 피투성이가 된 채 쓰러졌다.

"이… 이럴 수가……."

옆에 있던 신관이 경악으로 말을 잇지 못했다.

그사이, 피범벅이 된 중앙 홀의 중심부로 적들이 착지했다.

두 명만.

나머지 네 명은 비참하게 온몸으로 추락하며 으스러졌다.

콰직!

"…이런."

우뚝 선 노인이 죽은 동료들을 보며 혀를 찼다.

"미안하게 됐군. 이럴 줄 알았으면 나 혼자 강습할 것을."

"모두늘 전하를 호위할 수 있어서 영광이었을 겁니다."

그러자 또 다른 중년 남자가 고개를 저으며 말했다. 덩치 큰 노인은 한숨을 내쉬며 주위를 둘러보았다.

"스캐닝이 없으니 불편하군. 카도?"

"네, 전하."

"여긴 네게 맡기겠다. 기껏해야 1단계 소드 익스퍼트 다섯 명이 있을 거다. 충분하겠지?"

"맡겨만 주십시오."

중년 남자가 고개를 끄덕였다. 노인은 성물의 방과 연결된 회랑을 노려보며 말했다.

"나는 안쪽으로 가겠다. 어차피 전부 쓸어버려야 하니까."

그와 동시에 나는 다시 한 번 노바로스의 강화를 발동시키며 회랑의 입구를 향해 몸을 던졌다.

그러자 노인의 눈이 조금 커졌다.

"음?"

"……."

나는 멀리서 칼을 겨눈 채, 말없이 노인을 노려보았다.

'강렬하군.'

노인의 몸에는 짙은 청색의 오러가 일렁이고 있었다.

다른 말로 하면 남색(藍色).

그는 바로 3단계 소드 익스퍼트였다.

*　　　*　　　*

3단계 소드 익스퍼트를 처음 보는 것은 아니었다. 팔틱 역시 3단계 소드 익스퍼트였으니까.

하지만 팔틱은 심각한 고령에 의한 육체의 노화로 인해 전성기의 힘을 낼 수 없는 상태였다.

하지만 눈앞의 노인은 달랐다.

같은 노인이라 해도 차원이 달랐다.

약 190㎝에 달하는 키에, 조금도 위축되지 않은 강건한 근육까지.

그것은 운동에 전념하는 20대의 청년이라 해도 손색이 없을 만한 몸이었다.

'강력한 자들을 따로 추려서 보낼 거라고 예상하긴 했지만… 설마 3단계 소드 익스퍼트를 보낼 줄이야.'

사실상 소드 마스터는 없다고 감안하면, 결국 3단계 소드 익스퍼트는 국가가 보유할 수 있는 최강의 전사인 셈이다.

나는 마른침을 삼키며 노인을 스캐닝했다.

이름: 바이바스 블랑크 크루이거
레벨: 24
종족: 레비그라스인, 황족

기본 능력
근력: 576(372)
체력: 525(339)
내구력: 424(274)

정신력: 43(51)

항마력: 537(347)

특수 능력

오러: 561(594)

마력: 0

신성: 0

저주: 3(3)

오러 스킬: 오러 소드(상급), 오러 실드(상급), 오러 브레이크(중급), 컴팩트 볼(중급), 오러 윙(중급), 일루젼(하급), 크레인 폴(고유)

'신성제국 황족이라고?'

나는 눈살을 찌푸리며 적이 가진 힘을 나와 비교했다.

'순수하게 스텟만 따지면 거의 비슷하거나 내가 약간 더 높다. 정령왕의 다른 힘을 잘 활용하기만 한다면……'

"움직임이 예사롭지 않군."

블랑크는 허리에 찬 칼을 천천히 뽑아 들며 말했다.

"녹색 오러라고는 믿을 수 없는 속도다. 무언가 마법으로 신체 능력을 강화시킨 건가? 그 불꽃과 연관이 있나?"

나는 대꾸하지 않았다.

그사이 또 한 명의 적이 중앙 홀에 있던 신관들과 경비병을 학살하기 시작했다.

콰과과과과과광!

"으아아아아아악!"

"신관님! 적이 너무… 으악!"

"일단 뭉쳐서 방어 마법을!"

"안 됩니다! 이건 너무, 크, 크헉!"

하지만 노인은 뒤쪽에서 울리는 폭음과 비명에도 전혀 흐트러짐이 없었다. 그는 내 눈을 가만히 응시하며 고개를 끄덕거렸다.

"좋은 눈빛이다. 실로 원숙한 군인의 표정이군. 아직 젊어 보이는데 대단하다."

"……"

"하지만 아쉽게 됐군. 어쩔 수 없지. 장래가 유망한 적은 미리 꺾어놔야 하는 법. 이 무의미한 전투도 오직 그것을 위한 포석이니……"

그러고는 내 쪽으로 몸을 던졌다.

그것은 엄청난 속도였다.

물론 나도 비슷한 속도를 낼 수 있을 것이다.

하지만 그것을 직접 눈으로 포착하는 것은 또 다른 이야기였다. 나는 반사적으로 오러 소드를 만들며 적의 칼날을 맞받아쳤다.

충돌 순간, 사방으로 오러의 파편이 튀어 올랐다.

파지지지지지지지지직!

대부분이 내 칼에 서린 녹색 오러였다.

그와 동시에 적의 몸이 부드러운 잔상을 남기며 좌우로 휘몰아쳤다.

회전 베기.

그리고 손목을 비틀며 내 칼을 피해 몸 쪽으로 칼끝을 찔러 넣었다.

나는 급하게 팔을 비틀며 그것을 쳐냈다.

파지지지지지지직!

하지만 적은 마치 자신의 공격이 튕겨날지 알고 있었다는 듯 미리 몸을 틀어놓고 기다리고 있었다.

'이건 뭐지?'

그리고 칼끝을 누르듯, 다시 연속으로 찌르기를 날린다.

그 짧은 간격에.

그토록 빠른 찰나의 순간 속에서 적은 마치 물 흐르듯 공격을 이어나가고 있다.

'간격을 벌려야 해.'

나는 왼손으로 급하게 컴팩트 볼을 만들어 적의 다리를 향해 내던졌다.

그 순간, 노인의 눈에 이채가 번뜩였다.

—컴팩트 볼을 이렇게 빠르게 만들어 던질 수 있단 말인가?

눈빛만으로도 무슨 생각을 하는지 읽을 수 있었다.

하지만 그 자체가 적의 여유였다. 노인은 칼을 내려침과 동시에, 물구나무서듯 하반신 전체를 위로 치켜 올렸다.

동시에 컴팩트 볼이 지면에 충돌하며 폭발을 일으켰다.

콰과과과과과과광!

작열하는 오러의 파편과 함께, 박살 난 바닥의 돌들이 수류탄의 파편처럼 사방으로 튀겼다.

그사이, 맞닿은 칼날에 의지해 몸을 거꾸로 세운 노인의 몸이 그림처럼 내 등 뒤로 넘어갔다.

"큭!"

나는 곧바로 몸을 돌리며 등 뒤로 착지한 적을 향해 검을 휘둘렀다.

하지만 이미 그곳엔 노인이 없었다.

부웅!

내가 벤 것은 노인이 스쳐 지나간 잔상뿐이었다. 착지와 동시에 몸을 옆으로 날린 노인은 또다시 지면을 박차며 역동적으로 검을 휘둘렀다.

―하지만 검이 조잡하군.

노인은 웃고 있었다.

서로 한 마디도 하지 않은 채 필사적으로 공방을 주고받았지만, 나는 마치 노인과 대화를 하고 있는 듯한 착각을 느꼈다.

―여기선 다음 공격을 예측해야지.

―간격이란 걸 전혀 이해하지 못하고 있군.

―그저 전력으로 검을 휘두르는 게 다가 아니야.

마치 정령과 대화하는 것 같았다.

엄청난 힘과 힘이 맞부딪히고 있지만, 실제로는 농락당하고 있을 뿐이었다.

내가.

노인에게.

그 순간, 진짜 정령이 다급하게 소리쳤다.

─그만해! 이 망할 주인! 날 부러뜨릴 셈이야!

동시에 검은 뱀이 칼날을 휘감으며 나타났다.

'크로우!'

─힘은 비슷해도 오러가 다르잖아! 결국 충격이 고스란히 내 몸으로 돌아온다고! 내가 아니었으면 당장 부러지고도 남았을 거야! 이런 식으로 싸우는 건 그만둬!

칼의 정령, 크로우가 필사적으로 소리쳤다. 나는 마음속으로 이를 갈며 말했다.

'한참 만에 나타나서 한다는 소리가 고작 징징거리는 거냐? 뭔가 도움이 될 만한 건 없어?'

─도움은 무슨 도움! 이대로 가면 너도 죽고 나도 죽어!

'샌드 웜 킹을 잡을 때 썼던 기술은?'

─그거 쓰려면 네 오러를 전부 소모해야 해! 그리고 적의 몸 속에서 싸우는 것도 아닌데, 상대가 피해 버리면 어쩌려고 그래?

그 순간, 공세를 이어나가던 노인이 눈살을 찌푸렸다.

―잡념이 생겼군. 이제 끝이다.

동시에 강렬한 수직 베기가 떨어졌다.

파지지지지지지지직!

그것은 지금까지와는 전혀 다른 힘의 일격이었다.

그 탓에 방어와 동시에 허리 쪽으로 강력한 충격이 전해졌다.

"큭!"

하마터면 그대로 엉덩방아를 찧으며 쓰러질 뻔했다.

하지만 힘으로 억지로 버텨냈다.

―그만해! 한 번 더 이렇게 막으면 난 부러져 버려!

그리고 크로우가 다시 소리를 질렀다.

하지만 노인은 같은 자세 그대로 다시 한 번 검을 내려쳤다.

그 순간, 나는 크로우에게 명령했다.

'지금이야!'

―에잇! 나도 몰라!

동시에 칼날에서 검은빛이 새어 나왔다.

샌드 웜 킹을 한 방에 제압했던 바로 그 힘.

하지만 그때는 적의 위장 속에 이미 칼날을 박아 넣은 상태였다.

'이걸 외부에서 뒤집어쓰면 어떻게 될까?'

나는 기대와 호기심을 가지고, 두 칼이 충돌하는 장면을 지켜보았다.

그런데 두 칼은 충돌하지 않았다.

노인은 엄청난 기세로 내려치던 칼날을 마치 언제 그랬냐는 듯이 뒤로 잡아당겼다.

동시에 검은 기운이 허공에서 작열했다.

허무하게.

―뭔가 있을 줄 알았지.

노인은 눈빛으로 그렇게 말하고 있었다.

그리고 잡아당긴 칼을 그대로 앞으로 쭉 내밀었다.

평범한 찌르기.

하지만 난 그것을 피할 수가 없었다.

푸확!

칼끝이 가슴 한복판을 관통한 순간, 나는 마치 몸 전체가 폭발하는 듯한 충격과 고통을 느꼈다.

그것은 오러를 전부 소모한 전사의 최후였다.

                    *   *   *

"……."

정신을 차렸을 때, 나는 포션병을 입에 대고 벌컥거리며 마시고 있었다.

"콜록! 콜록!"

"괜찮으십니까? 그렇게 한 번에 너무 많이 마시니 사레가 들리는 겁니다."

옆에 있던 신관이 걱정스러운 얼굴로 말했다. 나는 소매로
입을 닦으며 마지막 포션병을 바닥에 내려놓았다.

"아니… 괜찮습니다."

"아무튼 놀랐습니다. 그렇게 마셔도 배가 안 부르십니까?"

"터질 정도는 아닙니다. 포션이라 금방 흡수되거든요."

나는 5분 전과 비슷한 대답을 하며 한숨을 내쉬었다.

시야의 오른쪽 아래, 지워지지 않는 붉은색의 숫자가 홀로
그램처럼 떠 있다.

4.

"포션요? 이게 다 포션이었습니까? 근력 회복 포션? 체력 회
복 포션?"

신관이 물었다. 나는 고개를 저으며 곧바로 맵온을 열었다.

"잠시 후에 적들이 천장으로부터 난입해 올 겁니다."

"네? 정말입니까?"

"직접 날아온 건 아닌 것 같고… 분명 마법사의 도움을 받
고 있겠죠. 일단 홀의 중심부를 비워두십시오. 아니, 그보다
도 이곳에 있는 신관과 경비병을 벽 쪽으로 몰아주십시오."

"어째서… 아니, 알겠습니다."

신관은 더 이상 캐묻지 않고 사람들을 향해 소리쳤다.

"잠시 후에 적이 천장으로부터 진입할 겁니다! 모두들 벽 쪽
으로 붙어서 대비해 주십시오!"

그러자 전원이 신속하게 움직이며 사방으로 흩어졌다. 나는 벽에 등을 기댄 채 고리처럼 늘어선 사람들을 보며 직접 소리쳤다.

"마법 저항력이 없거나 약한 분들은 강한 분들의 뒤쪽으로 숨어주십시오! 안 그러면 피해를 입을 수도 있습니다."

그리고 직접 홀의 중심부로 달려가 자리를 잡았다.

강하다.

적은 내 예상보다 훨씬 더 강했다.

'바이바스 블랑크 크루이거라······.'

황족이라는 정보와 이름을 조합해 볼 때, 분명 신성제국의 황제와 가까운 사이일 것이다.

'루도카의 나이를 생각하면 황제의 아들은 아닐 테고··· 그럼 황제의 동생일까?'

그렇다면 그 사실 하나만으로도 제국이 성물의 파괴에 얼마나 집착하는지 충분히 알 수 있었다.

그리고 스스로도 중요한 걸 깨달았다.

'스텟으로는 보이지 않는 힘이 있다.'

기본 스텟만 보면, 내가 노인보다 조금 더 강했다.

하지만 육박전이 시작되자 전혀 상대가 되지 않았다.

이게 팔틱이 말한 검술일까?

팔틱은 검술이 흐름이라고 했다.

물론 그때는 전혀 이해할 수 없었다.

하지만 방금 전의 전투에서 나는 그 말의 의미를 약간이나마 체험할 수 있었다.

'하지만 이제 와서 의식한다고 없던 검술이 생길 리도 없고… 나중에 돌아가면 마음을 고쳐먹고 배워봐야겠군.'

그리고는 심호흡을 하며 준비했다.

맵온으로 접근하는 열두 개의 붉은 점.

그 점이 대신관의 중앙 홀 속으로 들어온 순간, 나는 천장을 향해 오른손을 들어 올렸다.

그리고 잠시 후.

콰과과과과과광!

강렬한 폭발과 함께 천장이 박살 났다.

그리고 내게 있어 그것은 신호였다. 나는 폭발의 중심지를 향해 정령왕의 힘을 사용했다.

'노바로스의 파도!'

동시에 거대한 화염의 공간이 수직으로 솟구쳐 올랐다.

푸화아아아아아아아아아악!

그것은 순식간에 세워진 불의 탑이었다.

지름이 20미터, 높이는 100미터쯤 되는 원통 모양의 불길이 천장을 관통하며 뿜어져 나갔다.

그 때문에 중앙 홀의 내부는 순식간에 초고열의 사우나 같은 공간으로 돌변했다.

'다른 사람들은 괜찮을까?'

파도처럼 휘몰아치는 불길을 보자 초조함이 느껴졌다.

하지만 지금은 그런 것에 신경 쓸 때가 아니다. 나는 마법이 끝남과 동시에 칼을 뽑아 들고 천장을 노려보았다.

그리고 그 순간.

우우우우웅!

뻥 뚫린 천장의 중심부로부터 남색으로 빛나는 오러의 덩어리가 내리꽂혔다.

내 얼굴을 향해.

"큭!"

나는 전력으로 지면을 박차며 몸을 옆으로 날렸다.

콰과과과과과과과과과광!

맹렬한 폭발과 함께 터진 바닥의 돌 조각들이 사방으로 퍼져 나갔다.

이윽고, 푹 팬 바닥 위로 노인이 착지했다.

"…믿을 수가 없군."

노인은 검게 탄 망토의 연결 부위를 뜯어 던지며 말했다.

"대체 이 마법은 뭐지? 실로 어머님의 헤비 미티어와 맞먹는 위력……."

'살아 있다.'

나는 마음의 동요를 억누르며 스캐닝을 했다.

핵심은 오러였다.

오러: 310(594)

죽기 전과 비교했을 때 150 정도가 더 소모됐다.

'고작 150의 오러를 소모하고 노바로스의 화염을 견뎌냈다고?'

납득하기 힘들었다.

그 압도적인 내구력을 자랑하던 겔브레스의 어둠의 망토조차도 일격에 무력화시켰던 마법인데……

"링카르트 공화국에 아크 위저드가 있었나?"

블랑크가 주위를 둘러보며 물었다.

물론 아무도 대답하지 않았다. 노인은 작게 한숨을 내쉬며 고개를 저었다.

"이럴 줄 알았으면 내가 가장 먼저 강하할 것을… 애꿎은 제국의 인재들만 희생시킨 꼴이 되었군."

'지금 육탄전을 벌이면 승산이 있을까? 상대의 피해보다 내 손실이 더 크니……'

나는 노인의 움직임을 주시하며 한 발 앞으로 나섰다.

"신성제국의 바이바스 블랑크 크루이거 전하이십니까?"

그러자 노인이 눈을 크게 뜨며 날 바라보았다.

"우리 구면인가?"

"아닙니다. 하지만 유명한 분이니까요."

물론 넘겨짚은 말이었다. 그러자 벽에 껌 딱지처럼 붙어 있던 신관들이 헉, 하는 소리와 함께 웅성거리기 시작했다.

"바이바스 블랑크 크루이거?"

"황제의… 동생 말인가?"

"제국3군 총사령관?"

"그자가 여기까지 직접 왔다고?"

아무래도 정말 유명한 인간인 듯하다.

나는 육탄전을 벌이기 전에 최대한 정보를 뽑기 위해 말을 걸었다.

"전하 같은 높은 분이 어째서 이런 곳까지 직접 행차하셨습니까?"

"그 전에, 먼저 자신의 이름부터 밝히는 게 좋겠군."

블랑크는 천천히 칼을 뽑아 들며 말했다.

"적어도 한 명은 알고 싶으니 말이야. 지금부터 내가 죽일 적의 이름을."

블랑크의 심기는 5분 전보다 훨씬 불편해 보였다.

나는 벚꽃 잎처럼 천천히 떨어지는 검은 재 가루를 보며 대답했다.

"문주한입니다. 물론 저는 곧 죽겠죠. 그전에 한 가지만 알려주시기 바랍니다."

"죽음을 알고도 피하지 않는 건가… 조금은 마음에 드는군."

블랑크는 칼끝으로 날 가리키며 말했다.

"말해라, 링카르트의 젊은 기사여. 유언으로 들어주겠다."

"여기까지 마법사의 도움으로 날아오신 겁니까?"

"그래. 다른 부하들과 함께 왔다. 하지만 날 위한답시고 모두 나보다 아래 있었지."

"그럼 방금 그 화염 마법을 다른 분들이 먼저 맞았겠군요?"

"그래. 그들이 희생해서 나도 무사할 수 있었다. 괜히 조카 녀석의 앞길을 열어준다고 나서서… 쓸데없이 유망한 인재들을 죽음으로 몰아넣었군."

'조카?'

블랑크의 조카라면 루도카와 같은 황자들을 말하는 것이리라.

"그럼… 슬슬 시작하지."

블랑크는 나를 포함해 중앙 홀에 있는 모두를 칭하며 선언했다.

"너희들의 끝을."

*　　　　　*　　　　　*

그렇게 우리 모두는 약 1분 만에 끝나 버렸다.

*　　　　　*　　　　　*

첫 번째 죽음에서 보여줬던 블랑크의 실력은 맛보기에 불과했다.

동료를 모두 잃은 블랑크는 좀 더 과격하고 강력했다.

그는 자신의 몸을 더욱 내던지는 느낌으로 중앙 홀에 있던 모두를 무참히, 그리고 순식간에 도륙했다.

"위험해……."

나는 손에 쥔 포션병을 노려보며 중얼거렸다.

그것은 단지 시야에 박혀 있는 '3'이라는 숫자 때문이 아니었다.

대체 어떻게 해야 이길 수 있지?

나는 포션을 마시면서도 목이 막히는 기분을 느꼈다.

물론 두 번째 죽음에서는 내가 실수한 것도 있다.

노바로스의 강화를 새로 발동시키지 않고 노바로스의 파도를 써버린 것.

그 탓에 블랑크와의 전투에서 쪽도 쓰지 못하고 당해 버렸다.

'설마 그걸 맞고도 멀쩡할 줄은 몰랐지…….'

하지만 노바로스의 파도는 남은 마력 전부를 소모하며 발동시키는 정령 마법이다.

결국 남은 마력의 총량이 마법의 위력을 결정한다.

'그냥 쏴도 멀쩡했다. 여기서 마력을 100 더 소모하고 쏘면 과연 효과가 있을까?'

없을 것이다.

무엇보다 대신전을 노리는 별동대 중에 블랑크를 제외한 다른 11명이 1차적으로 마법을 막는 방파제 역할을 한다는 게 문제였다.

'공수부대 같은 작전이니… 블랑크가 가장 위쪽에 있고 다른 자들이 아래쪽에 있을 거다. 하지만 난 대신전 안에 있으니 기습을 하더라도 아래에서 위쪽으로 마법을 쏠 수밖에 없어.'

결국 방향을 바꾸지 않는 이상, 블랑크에게 직격을 먼저 날리는 건 불가능했다.

'잠깐, 그렇다고 꼭 불가능할 건 없다.'

방향이 문제라면 방향을 바꾸면 그만이다.

나는 10초 만에 남은 포션을 전부 마시며 새로운 작전을 세웠다.

그리고 옆에 있는 신관에게 물었다.

"여기서 비행 마법을 쓸 수 있는 분이 계십니까?"

"네? 물론이죠. 저도 쓸 수 있습니다. 비록 부족한 마력이지만……."

"그럼 지금 당장 중앙 홀에 있는 모두에게 명령해 주십시오! 전원이 벽에 붙어 홀의 중심부를 비우라고요! 급합니다! 빨리!"

"아… 알겠습니다!"

비록 두서없는 부탁이었지만 신관은 순순히 따라주었다. 나는 명령을 끝낸 신관의 손을 움켜쥔 채 곧바로 밖으로 달려 나갔다.

"그럼 지금 당장 밖으로 나가죠!"

"아니, 대체 이게 다 무슨 일입니까!"

"지금 바로 절 붙잡고 하늘로 날아 올라가 주십시오, 당장! 빨리요!"

나는 다급하게 재촉했다. 바리엔트라는 이름의 신관은 놀란 눈을 껌뻑이다 곧바로 양팔을 벌렸다.

"그럼 안기십시오!"

"네!"

나는 즉시 신관의 품에 안겼다. 신관은 심호흡을 하며 곧바로 수직으로 날아오르기 시작했다.

"적이 하늘을 날아서 대신전을 급습하는 겁니까?"

신관은 눈치가 빨랐다.

나는 고개를 끄덕이며 대답했다.

"최대한 높이 올라가 주십시오. 지면으로부터… 500미터 정도까지요."

"알겠습니다. 맡겨주십시오."

신관은 전력을 다해 하늘로 솟구쳤다.

그리고 중앙 홀의 지붕으로부터 450미터쯤 되는 높이에서 멈춰 섰다.

"후우… 이 정도면… 되겠습니까?"

"네. 그리고 지금부터는 침묵해 주십시오."

나는 손가락으로 입술을 가렸다.

맵온에는 적의 무리가 대신전의 근처까지 이미 접근한 상태였다.

'혹시 우릴 발견하지 않았을까?'

나는 초조한 마음으로 아래쪽을 내려다보았다.

다행히 날아오는 적의 무리에 이상은 감지되지 않았다.

'자신들이 하늘에서 습격할 걸 대비해서, 설마 적들이 더 높은 상공에 대기 중일 거라곤 상상도 못 했겠지……'

나는 적들이 중앙 홀의 천장에 도착하기 직전에 양손을 펼쳤다.

그러자 신관도 안고 있던 손을 놓았다.

나는 곧바로 추락했다.

거꾸로.

적은 역시 열두 명이었다.

그중 여섯 명이 마법사로, 다른 여섯 명의 전사와 어깨동무를 한 채 비행 마법을 시전 중이었다.

'꼭 안길 필요는 없었군.'

난 쓴웃음을 지으며 적의 진형을 살폈다.

가장 위에 블랑크가 마법사와 함께 떠 있었다.

그리고 20미터쯤 아래로 다른 자들이 대열을 이루고 있었다.

'저래서 블랑크가 직격을 피했군.'

블랑크 스스로 제국의 인재라고 부를 만큼 강력한 열 명이 1차적으로 마법의 위력을 반감시킨 것이다.

목숨을 바쳐서.

하지만 이번엔 반대였다.

블랑크가 다른 열 명의 인간을 위해 희생할 차례다.

'조금만… 조금만 더……'

나는 자유낙하에 몸을 맡긴 채 초조하게 기다렸다.

만약 지금 적이 나를 발견한다면 모든 계획이 수포로 돌아간다.

나는 공중에서 방향을 바꿀 수가 없으니까.

하지만 그럼에도 불구하고 기다려야 했다.

최대한 가까운 곳에서 마법을 날려야 위력이 배가 될 테니까.

고작해야 몇 초의 차이였지만, 마치 영겁과도 같은 시간처럼 느껴졌다.

그사이, 중앙 홀의 지붕 위에 멈춘 적들이 아래쪽으로 마법을 날리려 하고 있었다.

나는 마지막으로 하나를 확인했다.

스텔라.

그들 중에 스텔라는 보이지 않았다.

그것을 확인한 순간, 나도 그들을 향해 마법을 날렸다.

'노바로스의 파도!'

그와 동시에 가장 위에 떠 있던 블랑크가 고개를 위쪽으로 치켜 올렸다.

"……."

뭔가를 느낀 걸까?

우린 허공에서 서로의 눈을 응시했다.

하지만 극히 찰나의 순간이었다.

순식간에 뻗어나간 거대한 화염이 둘 사이의 간격을 모조리 메워 버렸으니까.

푸화아아아아아아아아아아악!

*　　　　*　　　　*

아래에서 공격이 안 먹힌다면, 반대로 위에서 공격하면 된다.

이것은 그런 단순한 착안점에서 비롯된 작전이었다.

그만큼 즉흥적이었고, 뒷감당을 전혀 고려하지 않았다.

하지만 효과만큼은 확실했다.

전과 달리 그 어떤 반격도 돌아오지 않았다.

'해치운 건가?'

나는 내 손으로 뚫어버린 중앙 홀의 천장 구멍 속으로 추락했다. 사실 공간이 너무 넓어서 구멍이라고 하기도 못마땅할 지경이지만.

'아차!'

그 와중에 나는 사전에 중요한 지시를 내리지 않았다는 것을 깨달았다.

중앙 홀에 있던 사람들에게 벽 쪽에 붙어 있으라는 명령만 내렸다.

'곧바로 하늘에서 강력한 화염이 쏟아질 테니 방어 마법을 전개하라고 말했어야 하는데……'

하지만 이제 와서 돌이킬 수는 없었다.

나는 먼저 공중에서 몸을 회전했다.

그리고 새까맣게 그을린 지면에 다리부터 착지했다. 오러를 최대한으로 높인 상태로.

콰아아아아아아앙!

마치 거대한 돌덩이가 추락한 듯, 바닥이 박살 나며 사방으로 돌 조각이 튀어 나갔다.

동시에 두 다리를 시작으로, 몸 전체에 압축되는 듯한 고통이 번졌다.

하지만 이 정도면 다행이었다.

정상적인 인간이라면 500미터 상공에서 자유낙하를 한 순간 살아남을 희망 자체를 버렸을 테니까.

"저… 저기요!"

그러자 벽 쪽에 찰싹 붙어 있던 신관 하나가 소리쳤다.

"방금 적이 저쪽으로 도망쳤습니다!"

"네?"

신관이 가리킨 곳은 중앙 홀의 동쪽 입구였다. 나는 허리가 으스러질 듯한 통증을 참으며 비틀거렸다.

"도망… 쳤다구요?"

"네! 온몸이 새까맣게 탄 노인이 바닥을 잠시 뒹굴다가 밖으로 뛰쳐나갔습니다!"

나 역시 전력을 다해 밖으로 뛰쳐나갔다.

하지만 그 어디에도 노인의 모습은 보이지 않았다.

"직격을 맞고도 살아남다니……."

나는 맵온을 발동시켜 블랑크의 위치를 확인했다. 붉은 점 하나가 엄청난 속도로 동쪽을 향해 멀어지고 있었다.

하지만 내겐 그를 추격할 만한 힘이 남아 있지 않았다.

"후우……."

나는 긴 한숨을 내쉬며 그대로 바닥에 주저앉았다.

물론 적이 얼마나 피해를 입었는지는 모른다.

'하지만 저만큼 빠르게 달아나는 것만 봐도… 분명 치명적인 피해는 아닐 테지.'

나는 천천히 고개를 저었다.

하지만 블랑크는 도주를 선택했다.

분명 위기를 느꼈을 것이다. 불시의 기습을 택한 자신들에게, 한층 더 높은 곳에서 역습을 가한 적의 존재에 대해서.

'그리고 이런 마법을 두 번은 못 견딘다고 생각했겠지.'

나는 바닥에 떨어진 마력을 확인하며 한숨을 내쉬었다.

마력을 전부 소모했음에도 불구하고, 정령왕의 힘으로는 역류가 찾아오지 않는 것이 천만다행이었다.

만약 연속으로 두 번 썼다면 거의 100퍼센트의 확률로 역류가 찾아왔을 것이다.

'일단 내가 할 일은 다한 건가?'

나는 주저앉은 채 멀리 언덕 아래에 펼쳐진 전장을 내려다보았다.

전투는 여전히 격렬했다.

하지만 누가 봐도 링카르트 공화국의 색인 갈색이 우세하게 밀어붙이고 있었다.

물론 도주한 블랑크가 제국군에 합류하면 정황이 급격히 변할지도 모른다.

하지만 당장은 거기까지 신경 쓸 겨를이 없었다. 나는 맵온으로 대신전 주위를 확인하며, 혹시 있을지 모르는 적의 추가적인 기습에 대비했다.

기습해 온 열두 명의 적 중에 스텔라가 없었다.

그렇다는 것은 성물을 파괴하기 위해 지구인을 대동한 또 다른 부대가 어딘가에 숨어 있다는 말이다.

하지만 어디를 살펴봐도 눈에 띄는 붉은 점은 보이지 않았다.

'그럼 당장은 안심해도 되는 건가?'

나는 심호흡을 하며 몸을 일으켰다.

일단은 이겼다.

일단은…….

*   *   *

전투는 링카르트 공화국의 승리로 끝났다.

제국군은 절반이 넘는 병력의 손실을 입은 채 후방으로 도주했다.

공화국군도 추격은 하지 않았다. 이쪽의 피해 또한 만만치 않았기 때문에, 추격보다는 사상자의 수습과 치료가 먼저였다.

공화국군의 사망자는 1만 5천의 병력 중에 9천여 명이었다.

반면 제국군의 사망자는 8천 중에 4,500명 정도였다.

사망자의 비율만 보면 제국군의 승리라 해도 과언이 아니다.

하지만 제국군은 1, 2단계의 오러 유저들로 구성된 부대를 대량으로 잃었고, 반면 공화국군의 사망자 대부분은 오러가 없는 일반 병사였다.

더 이상 전황을 유지할 수 없다고 판단한 제국군의 사령관이 후퇴를 명령한 것이다.

물론 현명한 판단이었다.

그들은 심지어 초전부터 여덟 명의 소드 익스퍼트를 잃었고, 작전의 핵심이었던 열두 명의 특공대마저 잃었다.

"이것은 내가 할 수 있는 최대한의 감사의 표시다."

군단장이 도르트는 날 다시 보자마자 맨바닥에 엎드려 큰절을 올렸다.

"아니, 이러실 필요는 없습니다."

나는 다급히 군단장을 일으켜 세웠다. 군단장은 흙이 묻은 이마를 털지도 않은 채 다시 한 번 고개를 숙였다.

"그대 덕분에 우리가 승리를 거둘 수 있었다. 전투 직전에 벌인 그대의 무용도, 거기에 대신전을 지켜낸 기지까지… 모두가 그대의 전공이다. 문주한, 국가를 대신해서 감사를 표하겠다."

"같은 동맹으로 당연한 일을 했을 뿐입니다."

나는 편하게 웃으며 고개를 저었다.

대부분의 신관이 목숨을 건진 덕분에 링카르트군의 부상자들 역시 빠르게 치료받아 목숨을 구할 수 있었다. 나는 사방에 쓰러져 치료받고 있는 병사들을 보며 낮은 목소리로 말했다.

"하지만 피해가 적지 않은 모양입니다. 대충 살펴도 9천 명이상이 목숨을 잃은 것 같습니다만?"

"그걸 한눈에 알 수 있단 말인가? 눈썰미가 대단하군."

도르트는 혀를 차며 고개를 끄덕였다.

"비록 승리했지만 우리 군의 피해도 심각하다. 제국군이 정예로 구성된 탓에 하마터면 몰살당할 뻔했지. 그대가 기선을 제압하지 않았다면 정말 모를 전투였다."

"시신을 수습하는 것도 엄청난 일이겠군요."

"고통스러운 일이 되겠지. 가급적 온전히 보존해서 가족들에게 돌려보내고 싶지만……."

도르트는 멀리 펼쳐진 전장을 바라보며 한숨을 내쉬었다. 그곳에는 아직 손도 못 댄 '1만 구' 이상의 시체가 처참한 몰골로 나뒹굴고 있었다.

'저번처럼 제국군 시체만 따로 수습해 달라고 해볼까?'

나는 다시 한 번 빅맨을 불러 시체를 흡수할 계획을 세웠다. 이번에는 수백이 아니라 수천 단위니, 분명 엄청난 양의 저주 스텟을 쌓을 수 있을 것이다.

그때 커티스가 뒤쪽에서 다가오며 말했다.

"이런 곳에 있었군. 혹시나 해서 말하지만 성물은 무사하다."

나는 도르트에게 양해를 구한 다음 커티스와 따로 말했다.

"역시 접근은 무리였습니까?"

"적이 공격해 온 것도 아니었으니까. 너무 완벽하게 막은 것 아닌가? 일부러 성물의 방까지 뚫려줬으면 기회가 생겼을지도 모르는데."

커티스는 아쉬운 듯 말했다. 나는 블랑크와 붙었던 첫 번째 죽음을 떠올리며 고개를 저었다.

"그렇게 여유를 둘 상대가 아니었습니다. 자칫하면 제가 당할 뻔했으니까요."

"그렇다면 어쩔 수 없지만……."

커티스는 멀리 언덕 위에 있는 젠투의 대신전을 돌아보며 말했다.

"앞으로 어떻게 할 거지? 성물을 회수하지 않을 건가?"

"당장은 무리겠죠. 억지로 시공간의 주머니를 열어볼 수도 없는 노릇이고."

"그럼 어떻게 할 거지? 여기 계속 머물 생각인가?"

"당분간은 그래야겠죠."

나는 다시 한 번 맵온을 열어 대신전 주변의 붉은 점을 샅샅이 살피며 말했다.

"대신전을 기습한 적들 중에 제가 아는 지구인이 없었습니다."

"지구인이라면 그… 스텔라인가 하는 여자?"

"네. 물론 죽은 열한 명 중에 또 다른 지구인이 있었을지도 모릅니다만……."

나는 잠시 생각하다 고개를 저으며 말했다.

"아무튼 아직은 경계를 늦출 수 없습니다. 저번에 상대했던 겔브레스란 자도 아직 나타나지 않았으니까요."

"그렇군. 어쨌든 안전이 확보된다면 내가 성물을 확보할 기회가 생길지도 모른다. 경비병들도 24시간 성물을 노려보고 있는 건 아니니까."

"경비가 줄어들면, 몰래 빼오는 게 가능하겠습니까?"

"어쩌면. 성물이 놓인 단상의 후방에 약간의 공간이 있다. 사람 눈이 줄어들면 그곳에 몸을 숨기고 빠르게 성물만 빼올 수 있을지도 몰라. 시공간의 주머니를 통째로 들고 나오면 분명 소란이 날 테니, 그 안에 있는 성물만 몰래 말이지. 그런데……."

커티스는 내 가슴팍을 손가락으로 가리키며 말했다.

"문제는 성물의 크기다. 지식의 팔찌 정도라면 상관없어. 하지만 우주의 돌처럼 거대한 물건이라면 불가능하다."

"제 생각에는 그렇게 거대한 물건은 아닌 것 같습니다."

"그래?"

"네. 회귀의 반지가 들어 있을 확률이 높으니까요."

그리고 전생에 직접 착용했던 회귀의 반지를 떠올렸다.

물론 평범한 반지치고는 매우 거대했지만, 그래봤자 아이들 손목에 차는 팔찌 정도의 크기였다.

"확실한가? 어쩌면 다른 성물일 수도 있지 않나?"

커티스가 물었다. 나는 고개를 끄덕이며 대답했다.

"네. 물론 다른 성물일 가능성도 있습니다."

그리고 다섯 가지 성물의 이름을 떠올렸다.

우주의 돌.

지식의 팔찌.

광속의 정수.

각인의 권능.

그리고 회귀의 반지.

이 중에 우주의 돌과 지식의 팔찌는 내가 소유하고 있다.

그리고 광속의 정수, 각인의 권능, 그리고 회귀의 반지 중에 하나는 파괴되었다.

'그게 정확히 뭔지는 모른다. 그저 스캐닝의 각인과 관련이 있다는 것뿐…….'

확실한 건 '회귀의 반지를 파괴하라'라는 퀘스트가 아직 남아 있다는 사실이었다.

그렇다면 파괴된 것은 '각인의 권능'이나 '광속의 정수'일 수밖에 없다.

'그리고 이름만 봐서는 광속의 정수가 남아 있을 것 같다. 아무래도 '광속'이니까. 빛의 신인 레비의 대신전에 보관된 성물이 바로 광속의 정수가 아닐까?'

지금까지는 그렇게 추측하고 있었다.

지식의 신의 대신전에 지식의 팔찌가 보관되어 있었으니까.

하지만 다른 대신전과 성물의 관계는 아무래도 모호했다. '조화의 신'이라는 아르마스와 '우주의 돌' 간에 대체 무슨 관계가 있단 말인가?

"아무튼 기회가 없으면 일부러 만들기라도 해야겠죠. 적들이 하늘에서 기습했다는 걸 어필할 생각입니다. 경비들을 성물의 방 내부가 아닌 외부를 지켜야 한다든가……."

"문주한 님, 여기 계셨군요!"

그때 대신전 쪽에서 신관 하나가 부리나케 날아 내려왔다. 나는 신관의 얼굴을 알아보며 소리쳤다.

"바리엔트 신관님?"

"좀 전에 신전에 있는 텔레포트 게이트로 전령이 도착했습니다!"

바리엔트는 내 앞에 착지하며 거친 숨을 몰아쉬었다.

"후우, 후우… 정말 급한 일이라고, 이걸 문주한 님께 꼭 전해달라고 했습니다."

그러고는 손에 쥐고 있는 편지를 내밀었다. 나는 글라시스 가문의 인장이 찍혀 있는 편지를 보며 눈살을 찌푸렸다.

'박 소위가? 무슨 일이지?'

편지는 박 소위가 직접 쓴 듯 한글로 적혀 있었다.

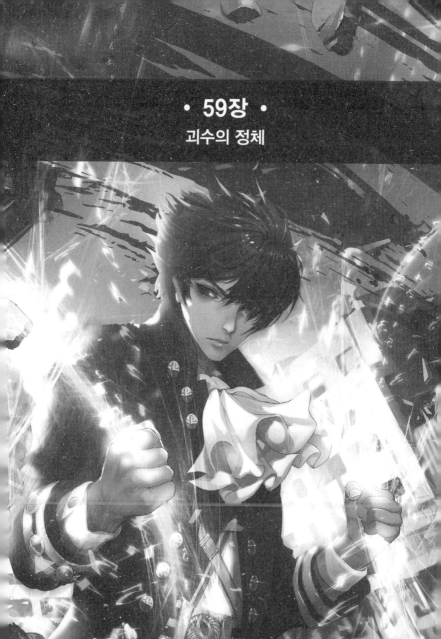

· 59장 ·
괴수의 정체

지금 안티카 왕국 전역에 괴수가 출현했습니다.

지금까지 한 번도 목격되지 않은 신종입니다. 대단히 강력합니다.

확인된 건 총 다섯 마리입니다. 그중에 뱅가드에 출현한 괴수가 가장 강합니다.

현재까지 뱅가드에 있는 모든 전력이 동원되었지만 퇴치하지 못했습니다.

피해가 큽니다. 마지막으로 힘을 모아 반격을 노리고 있습니다만 전력이 부족합니다.

이대로면 뱅가드는 물론이고 안티카 왕국 전체가 무너질지 모롭니다.

준장님의 빠른 복귀를 희망합니다. 부탁드립니다.

"뭐지? 글라시스 회장이 보낸 건가?"

커티스가 물었다. 나는 숨을 들이마시며 고개를 끄덕였다.

"아무래도 안티카에 난리가 난 모양입니다."

"그쪽도 제국과의 전쟁이 시작된 건가?"

"제국은 아닙니다. 괴수라고 하는군요."

"괴수?"

"네. 그것도 안티카 왕국 전체를 멸망시킬 만큼 강력한 괴수라고 합니다. 지금 당장 돌아가야 할 것 같습니다."

박 소위는 이런 일에 결코 엄살을 피우지 않는다. 나는 사태가 이미 심각해졌다고 생각하며 몸을 돌렸다.

"군단장님! 급한 일이 생겨서 저는 바로 돌아가 봐야 할 것 같습니다!"

"급한 일?"

도르트는 부관들과 대화 도중에 깜짝 놀라며 내 쪽으로 달려왔다.

아직 여기까지는 정보가 전달되지 않은 걸까?

나는 안티카로 돌아가기 전, 도르트에게 몇 가지 주의 사항을 전달했다.

"네. 최대한 빨리 돌아가야 할 것 같습니다. 그전에 군단장님께 드릴 말씀이 있습니다. 2군단은 여기 계속 주둔하면서 대신전을 지킬 예정이겠죠?"

"물론이네."

"그렇다면 겔브레스의 기습을 주의하십시오."

"겔브레스?"

도르트는 순간 눈살을 찌푸렸다.

"보이디아의 겔브레스 말인가? 아르마스의 대신전을 습격했다고 하는?"

"네. 하지만 이번 기습부대에 겔브레스가 없었습니다. 어쩌면 근처 어딘가에 잠복하고 있을지도 모릅니다. 목표는 대신전에 있는 성물일 테니, 가급적 강력한 마법사를 미리 배치해 주십시오."

"어째서 마법사인가?"

"겔브레스는 '어둠의 망토'라는 강력한 공수 일체의 저주 마법을 사용합니다. 아무래도 오러보다는 마법 쪽에 약한 것 같습니다. 사방에서 화염 마법을 퍼부으면 효과적으로 공략할 수 있을 겁니다. 그리고……"

니는 내가 알고 있는 겔브레스에 대한 지식을 모두 전했다.

도르트는 심각한 얼굴로 경청하며 고개를 끄덕였다.

"알겠네. 자네 충고를 명심하지. 그래도 걱정하지 말게. 당장 적의 본대가 도주했으니까. 겔브레스가 뒤늦게 기습한다 해도 군대 규모는 아니지 않겠나?"

"네. 분명 소수의 정예부대로 공격해 올 겁니다."

"이쪽은 여전히 군대를 유지하고 있네. 사상자가 많지만 대부분이 일반 병사들이고, 정예는 여전하니 충분히 격퇴할 수 있을 거야."

도르트는 자신 있게 말했다. 나는 그의 주변에 깔려 있는 십수 명의 소드 익스퍼트를 보며 고개를 끄덕였다.

"그럼 부탁드립니다. 신성제국에게 성물을 빼앗기거나 파괴당하면 절대 안 됩니다."

"목숨 걸고 지키겠네."

도르트는 가슴에 주먹을 대며 경례를 붙였다. 나는 고개를 숙여 화답한 다음 신전 쪽으로 달리기 시작했다.

*　　　　*　　　　*

"군단장님! 전장에 이상한 자들이 나타났습니다!"

문주한과 일행이 대신전을 떠난 지 한 시간 후, 정찰병 하나가 정신없이 달려오며 도르트에게 보고했다.

"무슨 말이냐! 이상한 자? 똑바로 보고하라! 적인가? 제국군의 잔당이 다시 돌아온 건가?"

"그건 아닌 것 같습니다만……."

정찰병은 난감한 얼굴로 입술을 깨물었다.

"죄송합니다! 저도 뭐라 드릴 말씀이 없습니다! 직접 보지 않고서는 설명이 불가능합니다!"

"대체 뭘 봤기에… 혹시?"

도르트는 눈살을 찌푸리며 칼을 뽑아 들었다.

"어쩌면 문주한 경이 말했던 그자들일지도 모른다! 움직일 수 있는 모든 마법사와 소드 익스퍼트 이상의 전사는 전원 대열을 갖춰 이동한다!"

그러고는 신속하게 부대를 재편해 전장으로 이동하기 시작했다.

정확히는 전장이었던 곳으로.

그곳은 만 구 이상의 시체가 널려 있는 참혹한 평원이었다. 그리고 시체들의 한복판에 두 남자가 서서 뭔가를 하고 있었다.

"저건 대체……."

도르트는 벌어진 입을 다물지 못했다.

새하얀 신관 복을 입은 남자가 시체를 빨아들이고 있다. 정확히는 남자가 펼친 검은 기운 속으로 빨려 들어가고 있었다.

그 때문에 남자가 지나가는 곳마다 전장이 깨끗해졌다.

하늘에서 내려다보면 마치 지우개질이라도 하는 것처럼 보일 것이다.

도르트는 즉시 오러를 끌어 올리며 소리쳤다.

"겔브레스! 전투는 이미 끝났다! 이제 와서 뭐 하러 나타난 거냐!"

남자의 외견과 능력은 주한이 알려준 겔브레스와 동일했다.

물론 주한도 상대가 '시체를 빨아들인다는 것'은 말해주지 않았지만······.

"이건 가끔 해줘야 하는 일입니다."

그러자 겔브레스가 입을 열었다. 하지만 그가 말하는 대상은 멀리 떨어진 도르트가 아니었다. 그는 자신의 곁을 걷고 있는 붉은 머리카락의 남자에게 설명을 이었다.

"어둠의 망토는 정기적으로 시체를 흡수하지 않으면 폭주합니다. 완전히 집어삼켜지지 않으려면 이렇게 하셔야 합니다."

"···흡수된 시체는 어떻게 되지?"

"망토 안에 보관됩니다. 뼈만 남아서요. 이 뼈를 가지고 다양한 일을 할 수 있습니다. 스켈레톤 병사를 만들 수도 있고, 위급할 때 한 번에 분출해서 위기를 넘길 수도 있습니다."

"그렇군."

붉은 머리카락의 남자는 고개를 끄덕였다. 그리고 자신도 검은 기운을 펼쳐 사방의 시체를 빨아들이기 시작했다.

"어째서 저자도 같은 힘을······."

도르트는 입술을 깨물며 두 남자를 노려보았다.

당장에라도 전군에 공격 명령을 내리고 싶다.

하지만 무언가 불길했다. 적들은 마치 산책이라도 나온 듯이 시체로 가득 찬 전장을 걸어 다니고 있었다.

이쪽은 안중에도 없다는 듯이······.

"그래. 이렇게 하는 거군."

붉은 머리카락의 남자는 검은 기운을 더욱 넓혀 수십 가닥의 촉수를 만들며 시체를 빨아들였다.

"생각보다 간단해. 혹시 산 자도 빨아들일 수 있나?"

"물론입니다. 다만 강력한 적을 빨아들이는 건 주의해야 합니다. 자칫하면 악어를 삼킨 뱀의 꼴이 날 수도 있으니까요."

"강력하지 않다면 시체와 마찬가지로 뼈로 변하나?"

"원하는 대로 조정할 수 있습니다. 예를 들어 이렇게……."

겔브레스는 자신의 몸을 감싼 어둠 속에서 금발의 여성을 꺼내며 말했다.

"무사히 보호하는 것도 가능합니다. 반항하지 않는다면 말이죠. 황자님도 한번 해보시겠습니까?"

"사양하지. 아직 컨트롤이 익숙하지 않다. 자칫하면 귀중한 지구인을 소화시켜 버릴지도 몰라."

붉은 머리카락의 남자는 고개를 저으며 대치하고 있는 링카르트 공화국의 군대를 바라보았다.

"하지만 싸울 때는 상관없겠지."

"네. 이젠 아군에게 피해를 입힐 염려도 없으니 마음 놓고 싸우셔도 됩니다."

아무래도 두 사람이 전투에 참가하지 않은 이유는 의도치 않은 팀 킬을 막기 위함인 듯했다.

도르트는 등줄기에 식은땀이 흐르는 것을 느꼈다.

'방금 겔브레스가 저자를 황자라고 불렀다. 황제에게 아들

은 둘뿐이다, 장남이 황태자이니… 그럼 저자가 루도카인가?'

"솔직히 우울했다. 그냥 기다리지 말고 전부 죽여 버리고 싶었지. 하지만 기분이 너무 가라앉아서… 젤브레스, 나는 왜 이러는 거지? 혹시 약이 잘못된 것 아닌가?"

루도카는 품속에서 작은 알약통을 꺼내 들었다. 젤브레스는 무표정한 얼굴로 고개를 저으며 말했다.

"그게 정상적입니다. 하지만 황자님은 보이디아 차원에 너무 오래 계셨습니다. 약의 복용량을 늘리시거나, 그래도 안 된다 싶으면 신전에 돌아가서 정화를 받으시는 게 좋겠습니다."

"정화는 안 돼."

루도카는 알약을 하나 더 꺼내 입안에 집어넣으며 말했다.

"기껏 얻은 힘이다. 이제 와서 포기할 수는 없지."

"뜻대로 하십시오. 하지만 너무 오래 계셨습니다."

"고작 한 시간이었는데 말이지……."

루도카의 굳은 얼굴에 자조적인 미소가 번졌다.

"30분 만에 그쪽처럼 강해질 수 있다면, 한 시간이면 그 두 배로 강해질 거라고 생각했다. 물론 강해졌지만… 욕심이었군."

"저보다 훨씬 많은 어둠을 받아들이셨습니다. 하지만 그렇기에 저는 황자님께 충성합니다."

젤브레스는 루도카를 향해 고개를 숙였다. 루도카는 웃음기를 지우며 젤브레스에게 물었다.

"대신관이 아닌 내게 말인가?"

"물론입니다."

"그런가……"

루도카는 무표정한 얼굴로 고개를 끄덕였다.

"하지만 기쁘진 않군. 난 왜 거기서 쓸데없이 버텼을까? 그냥 대신관의 말처럼 30분만 있을 것을. 왜 욕심을 내서……"

동시에 그의 눈에 어둠의 기운이 스며들었다. 루도카는 감전이라도 된 듯 몸을 가볍게 떨고는 적진을 향해 천천히 걸음을 옮겼다.

그리고 또다시 살육이 시작됐다.

일방적인.

*　　　　*　　　　*

뱅가드에 도착한 것은 한밤중이었다.

예정보다 늦은 것은 안티카 왕국 전역을 연결하는 텔레포트 게이트 망의 일부가 끊겨 있었기 때문이다.

특히 다른 도시에서 뱅가드로 연결된 게이트는 사실상 전멸 상태였다. 나는 가까스로 도착한 71번 구역의 게이트를 빠져나오며 주변을 둘러보았다.

"이건 대체……"

거리는 마치 전쟁터의 후방을 연상시켰다.

수많은 부상자와 시체들이 거리 곳곳에 방치되어 있었고,

한밤중에도 보일 만큼 뿌연 연기가 사방에서 피어오르고 있다.

"이쪽이야! 아직 살릴 수 있으니 남은 포션 몽땅 가져와!"

"시체는 다른 쪽으로 모아! 부상자와 섞여 있으면 구분이 힘들다고!"

"신관! 신관은 언제 오는 거냐!"

"붕대가 더 필요해! 젠장! 포션도!"

혼이 빠진 듯한 시민들이 정신없이 뛰어다니며 부상자를 살피고 있었다. 나는 그 와중에 백여 명의 경비대와 소방대가 대로를 달리는 걸 보며 중얼거렸다.

"괴수는 여기서 가까운 곳에 있는 건가……."

"어이, 형씨!"

그때 건너편의 주점에 앉아 있던 남자가 손을 번쩍 들며 달려왔다.

"마무사!"

바로 마무사였다. 그는 초췌한 얼굴로 안도의 한숨을 내쉬며 말했다.

"그래! 이쪽으로 올 줄 알았다니까? 카바레스와 연결된 게이트 중에 살아남은 건 여기뿐이니까."

카바레스는 뱅가드에 오기 전에 마지막으로 거친 도시다. 나는 마무사의 양어깨를 움켜쥐며 질문했다.

"오랜만이지만 인사는 생략하겠습니다. 여기서 대체 무슨 일이 벌어진 겁니까?"

"응? 여기까지 오면서 못 들었어? 지금 안티카 전체가 난리라며?"

"난리가 난 도시는 순간 이동 게이트가 끊겨서 들어갈 수 없었습니다. 들은 건 말도 안 되는 과장이나 소문뿐이었고요. 정확히 무슨 일이 벌어졌는지 알려주십시오."

"그게 말이지……"

마무사는 뒷머리를 긁적이며 난감한 표정을 지었다.

"괴수가 나타나서 도시를 쑥대밭으로 만들었다. 나도 그 이상은 설명을 못 하겠다고."

"대체 무슨 괴물입니까? 뱅가드는 안티카에서 두 번째로 큰 도시인데도 괴물 하나를 막지 못해서 이 지경이 된 겁니까?"

"나도 직접 싸운 게 아니라 멀리서 보기만 했는데……"

마무사는 답답하단 얼굴로 한숨을 내쉬었다.

"확실한 건 여기 나타난 괴물이 랜드픽과 관련이 있다는 거야."

"랜드픽요?"

"내가 랜드픽 본사 건물 근처에서 정보 수집을 하고 있었거든."

마무사는 그 와중에도 자신이 본업에 충실하고 있었다는 사실을 어필했다.

"형씨한테 줄 보고서를 작성하려고 말이야. 최근에 여러 가지로, 안 좋은 소문도 많고."

"안 좋은 소문이라면?"

"랜드픽 회장, 스카노스 말이야. 갑자기 팍삭 늙어가지고는 주변 사람들에게 마구 신경질을 부린다고 하더라고. 아무튼 두문불출하기에 주변 건물 사람들에게 이야기를 듣고 있었는 데… 갑자기 랜드픽 건물이 박살 나며 꼭대기에서 괴물이 튀어나와 거리를 덮쳤어."

"랜드픽 본사의 꼭대기 층이라면……."

바로 회장인 스카노스의 개인 사무실이다. 나는 커티스와 함께 일종의 의적 짓을 하던 기억을 떠올리며 물었다.

"그래서 어떻게 된 겁니까? 괴물의 생김새는? 가진 힘은 어느 정도입니까? 오러를 다루거나 마법을 씁니까? 아니면 샌드웜처럼 순수한 몬스터?"

"일단… 생김새는 인간과 비슷해."

마무사는 떠올리는 것만으로도 끔찍하다는 듯 몸을 떨었다.

"그리고 오러나 마법을 쓰는 것 같지는 않아. 덩치는 키가 5미터쯤 됐는데… 그게 시간이 지날수록 점점 더 커지더라고."

"5미터라, 그걸 치안대가 제압하지 못했습니까?"

"치안대는 무슨, 3대 기사단에서 총출동했는데 싹 전멸했어."

나는 마른침을 삼키며 긴장했다.

"기사단이 전멸했다면… 그럼 그 괴물이 지금도 살아 있단 말입니까?"

"당연히 살아 있지."

마무사는 어깨를 으쓱이며 내 팔을 잡아끌었다.

"일단 대책 본부가 있는 곳으로 가자고. 내 임무도 형씨를 만나면 거기로 데려가는 거였으니까."

"임무라니, 누가 당신에게 임무를 내렸습니까?"

"누구긴 누구야, 크로니클 회장님이지. 거기 다 모여 있으니까 빨리 가자고. 형씨도 왔으니 이제 반격할 수 있을 거야."

마무사의 손은 두려움 때문인지 떨리고 있었다. 하지만 나는 이 와중에도 대체 무슨 일이 벌어진 건지 짐작조차 할 수 없었다.

'뱅가드에 있던 그 수많은 기사와 치안대… 거기에 각 구역에 있는 수백 개의 클랜의 검사나 마법사들이 총출동했을 텐데 그 괴물 하나를 당해내지 못했다는 말인가? 어떻게 그게 가능하지? 드래곤이라도 나타난 건가?'

*　　　　*　　　　*

드래곤은 아니었다.

마무사의 말처럼 그것은 사람의 형태를 갖추고 있었다.

"지금 이 순간에도 계속 커지고 있습니다."

박 소위는 피곤한지 반쯤 쉰 목소리로 말했다.

"처음 목격되었을 때와 비교하면 이미 세 배 이상 거대해졌습니다. 낮에는 비교적 천천히 커졌습니다만… 해가 저물자 순식간에 커졌습니다."

"광합성을 하는 건 아닌가 보군."

나는 박 소위가 건네준 쌍안경으로부터 눈을 떼지 못했다.

키는 약 15미터 정도일까?

몸을 웅크리고 있어 정확하진 않지만 대충 그 정도였다.

첫 인상은 털이 빠진 고릴라였다.

물론 진짜 고릴라와 비교하면 고릴라에게 실례가 될 것이다.

괴물의 검은 피부는 마치 암세포처럼 끔찍하게 부풀어 있었고, 곳곳에 촉수처럼 돌출된 부위도 존재했다.

"그런데 대체 얼마나 강하면 여태 퇴치를 못 했지?"

우리가 서 있는 곳은 괴물이 정지해 있는 폐허로부터 1km쯤 떨어진 곳에 위치한 빌딩의 옥상이었다.

박 소위는 속풀이라도 하듯, 손에 쥔 체력 회복 포션을 술처럼 벌컥벌컥 마시며 대답했다.

"후우… 일단 강합니다. 그리고 그 이상으로 까다롭습니다. 잠시 상대했던 블룸의 말로는 속도와 반응은 자신과 동급이거나 좀 더 높다고 합니다."

"저 덩치로 2단계 소드 익스퍼트만큼 빠르단 건가?"

"그리고 내구력이 상상 초월입니다. 스무 명의 기사가 일제히 컴팩트 볼을 날렸는데도 견뎌냈습니다. 그리고 피부가 너무 두꺼워서 칼날이 깊은 곳까지 닿지 않습니다."

"하긴, 저만큼 거대하니까. 그래도 뚫리긴 뚫리는 건가?"

"저도 멀리서 지켜봤지만… 대충 면도칼로 코끼리의 가죽을 찌르는 느낌이었습니다. 소드 익스퍼트의 칼인데도 말입니다. 그런데 정작 피부가 잘려 나가거나 터지면 그게 다시 움직입니다."

"뭐? 그럼 설마……."

"네, 마치 우주 괴수처럼 말이죠."

박 소위는 심각한 얼굴로 고개를 끄덕였다.

우주 괴수.

전생의 지구를 멸망으로 몰고 간 결정적인 귀환자들.

비록 당시의 인류에겐 더 이상 우주 괴수를 상대할 만큼의 여력이 남아 있지 않았다.

하지만 우주 괴수는 다른 차원의 귀환자들을 가리지 않고 공격했기 때문에, 그에 따른 다양한 데이터를 확보할 수 있었다.

"잘려 나간 피부 조직은 그대로 작은 괴물이 되어 주변에 있는 것을 공격합니다. 이미 수십 마리의 소형 괴물이 근처에 잠복해 있습니다."

"모체와 동일한 형태인가?"

"그렇습니다. 대부분 1단계 소드 익스퍼트급의 힘을 가지고 있습니다. 덩치에 따라선 그보다 더 강하기도 합니다."

그것은 대단히 골치 아픈 이야기였다.

실제로 인류 저항군이 직접 상대했던 우주 괴물은 괴물의 본체가 아닌 괴물의 몸으로부터 떨어져 나온 파편들이었다.

"이미 뱅가드의 영주인 타밀 경이 전투 중에 돌아가셨습니다. 뱅가드에 배치되어 있던 기사단의 상당수도 사망했고요."

"뱅가드의 영주라면 3단계 소드 익스퍼트 아닌가?"

나는 열두 시간쯤 전에 싸웠던 블랑크를 떠올렸다. 박 소위는 한숨을 내쉬며 고개를 끄덕였다.

"하지만 노령에 병환 중이었습니다. 정상적인 컨디션이 아니었죠."

"저게 정말 우주 괴수급이라면… 적어도 소드 마스터는 돼야 상대할 수 있어."

나는 석상처럼 굳어 있는 괴물을 보며 고개를 저었다.

"당장 내가 참전한다고 승산이 있을까? 젠투의 대신전을 지키면서 3단계 소드 익스퍼트와 싸웠다. 정면 대결로는 전혀 승산이 보이지 않았고."

"하지만 무사히 돌아오신 걸 보면 승리하신 게 아닙니까?"

"정령왕의 힘을 써서 겨우. 그것도 해치우진 못했다."

"일단 작전은 세워놓았습니다. 하지만 뼈대뿐입니다. 정작 저런 괴물과의 실전이 어떻게 진행될지는 상상을 하기 힘들어서……."

박 소위는 그렇게 말하며 자신이 세운 작전을 설명했다.

하지만 그건 작전이 아니라 아이디어일 뿐이었다. 나는 눈을 감으며 실전이 어떻게 진행될지를 상상했다.

"일단 마력 회복 포션은 최대한 확보해 놓았습니다. 다른 모든 포션도 마찬가지입니다. 보급만 확실하다면 해볼 만하지 않겠습니까?"

"쉽지 않아……."

나는 고개를 저으며 생각에 잠겼다.

"…당장 동원 가능 한 전력이 어느 정도지?"

"백룡기사단의 말로는 3단계 오러 유저 서른 명에 1단계 소드 익스퍼트 여섯 명입니다. 그 이하는 통합해서 7백 명 정도입니다. 여기까지가 정규 병력이고……."

박 소위는 동쪽에 멀리 보이는 내곽 도시의 성벽을 가리키며 말했다.

"저쪽 성벽 너머 11번 구역에 뱅가드 각지에서 끌어모은 클랜원들이 모여 있습니다. 총원은 1천 명 정도입니다. 오러 유저에 마법사, 저주술사까지 다양하게 있습니다."

"뱅가드 전체에서 1천 명뿐인가?"

"어쩔 수 없습니다. 이미 전투에서 상당수가 사망했으니까요."

"2단계 소드 익스퍼트나 하이 위저드는?"

"현재는 제 경호원 셋뿐입니다. 나머지는 괴물과의 전투에서 사망했습니다. 하이 위저드는 자유 진영 최대의 마법 클랜인 '플레임 월드'의 뱅가드 지부장 한 명뿐입니다. 마찬가지로 나머지는 전부 사망했습니다."

나는 입을 다물었다. 박 소위도 한참 동안 침묵하다 고개를 저으며 말했다.

"사실 저는 여기서 랜드픽을 공격하고 있었습니다."

"랜드픽? 아, 그쪽을 무너뜨린다고 했었지?"

"네. 스카노스 회장의 신변에 이상이 생겨 수월하게 진행되고 있었습니다. 당장 군수 산업이 흔들리고, 캐시 카우 역할을 하던 투기장과 운송업을 죄기 시작하는데도 바로 반응이 안 나오더군요. 심지어 직접 운영하는 대규모 무기 상회나 채광, 제철 분야까지 클레임을 걸었는데 항의조차 하지 않았습니다."

"왜 그러지? 회장이 죽었나? 마무사 말로는 갑자기 푹 늙었다고 하던데."

"아마도 그쪽의 영향이 있는 것 같습니다."

박 소위는 고개를 끄덕이며 말했다.

"최근에 연구 팀에서 조사 결과가 나왔습니다. 전에 준장님과 커티스가 빼내 온 그 물약 말입니다."

"물약? 스카노스 회장의 개인 금고에서 훔쳤던 포션 말인가?"

"네. 그게 스카노스 회장의 젊음의 비결이라 생각하고 조사하고 있었습니다. 마력 회복 포션의 개량과 대량생산 때문에 연구가 늦었습니다만… 결과는 복제 불가능입니다."

"어째서?"

"이쪽 세상의 물질이 아닙니다."

박 소위는 심각한 얼굴로 말을 이었다.

"여러 개로 분리되어 있던 물약은 사실 하나의 물질을 분해한 것에 지나지 않습니다. 합쳐놓으니 레비그라스 차원에는 존재하지 않는 물질이 나왔다고 하더군요."

"레비그라스가 아니라니… 그럼 지구 말인가?"

"지구도 아닙니다. 레비그라스와 지구는 사실상 동일한 세상이니까요. 마나의 농도에서 차이가 날 뿐."

"그렇다면……."

"연구 팀도 아직 확정 짓진 않았습니다. 그나마 흡사한 건 저주술사들이 저주 마법을 쓸 때 방출하는 마력이라고 하는군요."

"저주 마법이라면 보이디아 차원 말인가?"

"전설처럼 모든 저주의 근원이 그곳이라면 아마도 그렇겠죠."

박 소위는 고개를 끄덕였다. 나는 다시 한 번 정지해 있는 괴물을 보며 말했다.

"보이디아 차원은 아마도 우리가 알고 있는 우주 괴수의 차원과 같은 거겠지?"

"네. 지금까지는 그럴 확률이 높아 보입니다."

"어째서 보이디아 차원의 물질을 먹으면 젊음을 되찾는지는 모르지만… 아무튼 스카노스 회장은 그걸 장기간 복용했다는 말이고?"

"그렇겠죠."

"그럼 저 괴물이 바로 스카노스인가?"

"네?"

박 소위는 순간 멍한 얼굴로 날 마주 보았다.

그러고는 헉 소리를 내며 고개를 돌렸다.

"설마… 확실히 처음 목격된 게 스카노스 본사 건물이었지 만……."

"아무래도 그 물약은 많이 마시면 저렇게 변하는 모양이군. 여기 뱅가드 말고 다른 곳에도 저런 괴물이 나타났다고 했지?"

"그렇습니다. 물론 여기만큼 강하진 않아서 이미 제압된 곳 도 있습니다만."

"아마도 그만큼 물약을 덜 마셨기 때문이겠지. 아니면 복용 기간이 짧거나."

나는 머릿속에 퍼즐이 맞춰지는 것을 느꼈다.

안티카 왕국에 출몰한 우주 괴수를 연상시키는 괴물.

그리고 마찬가지로 우주 괴수와 흡사한 힘을 다루던 겔브 레스.

하지만 퍼즐은 아직 조각이 부족했다. 나는 이 모든 일의 배후에 레비의 대신전이 있다고 생각하며 고개를 끄덕였다.

"일이 대충 어떻게 되어가는지 알 것 같다. 하지만 당장은 눈앞의 불부터 꺼야겠지."

"필요한 건 뭐든지 지원하겠습니다. 안티카 왕국을 위해서, 그리고 자유 진영을 위해서 말입니다."

"그래. 그리고 결국 그게 지구를 위한 길이 되겠지."

나는 고개를 끄덕였다. 박 소위는 품속에서 손목시계를 꺼 내 내밀었다.

"전에 주신 시계를 다시 고쳤습니다."

시계는 두 시를 가리키고 있었다. 박 소위는 캄캄한 동쪽 하늘을 바라보며 말했다.

"앞으로 네 시간쯤 남았습니다. 동이 트고, 저 괴물이 다시 움직일 때까지 말입니다."

*　　　　*　　　　*

"그 괴물, 지금은 그냥 멈춰 있다며?"

빅터가 어둠 속에서 시체를 나르며 말했다.

"그럼 지금 당장 공격하는 게 좋지 않을까? 해가 떠서 다시 움직이기 전에."

"이미 시도했다고 합니다."

나는 한 번에 다섯 구의 시체를 동시에 운반하며 대답했다.

"멈춰 있지만 공격하면 즉시 반응한다고 합니다. 어차피 당장 죽일 수단이 없어서 그냥 내버려 두는 거겠죠."

"골치 아프구만……."

빅터는 눈살을 찌푸렸다. 물론 난감한 적의 존재보다는 당장 옮기고 있는 시체가 더 불쾌한 것 같았지만.

그러자 함께 일하던 스네이크아이가 물었다.

"그 괴물, 피부가 떨어져 나가면 작은 괴물로 다시 태어난다며?"

"네. 그렇다고 합니다."

"그럼 영원히 싸워야 하는 거 아닌가? 분열하고 또 분열해서?"

"일단 떨어져 나온 괴물은 또 다른 괴물을 만들거나 증식하지는 못한다고 합니다. 그리고 거기에 이번 전투의 승패가 달려 있습니다."

"내 머리로는 말도 안 되는 계획처럼 들리는데… 뭐, 한다면 하는 수밖에."

그러고는 넓은 강당에 시체를 내려놓았다.

강당은 대책 본부가 있는 74번 구역의 학교에서 사용하는 건물이었다. 뒤따라온 도미닉이 양어깨에 짊어진 시체 주머니를 바닥에 내려놓으며 말했다.

"이 학교의 아이들도 많이 죽었다고 하더군. 괴물의 몸에서 떨어져 나온 작은 괴물 때문에 말이야. 지금은 큰 괴물의 주변으로 돌아간 것 같지만."

"내일이 되면 전부 해치울 겁니다."

나는 고개를 들어 강당의 한쪽 구석에 서 있는 빅맨을 향해 소리쳤다.

"빅맨! 어떻게 되고 있습니까!"

"…잘되고 있다."

빅맨은 무뚝뚝한 목소리로 대답했다.

"그런데 이래도 되는 건가? 죽은 자들의 가족들이 어떻게 생각할지 모르겠군."

"누가 뭐래도 죽은 가족의 원수를 갚는 일이니까요. 물론

용서받지 못할 짓이지만……."

나는 빅맨의 옆에 열려 있는 문 너머를 바라보았다.

그곳은 학교의 운동장이었다.

그리고 운동장에는 이미 '스스로 움직이는' 수십 구의 시체가 돌아다니고 있었다.

캄캄한 어둠 속에서 희미한 달빛을 맞으며.

"유품을 따로 모아 장례를 치를 생각입니다. 거기에 충분한 보상도 있어야겠죠. 박 소위… 아니, 글라시스 회장이 맡아서 해줄 겁니다."

"나는 아무래도 상관없다. 우리 모두 전시엔 네 명령을 듣기로 약속했으니까."

빅맨은 고개를 돌리며 하던 일을 계속 이어나갔다.

내일 시작될 작전에서 그의 역할은 시간 끌기였다.

뱅가드에 출몰한 괴수는 인간에게, 그것도 보다 많은 다수의 인간에게 반응한다고 한다.

그리고 내가 괴수를 쓰러뜨리는 건 모든 작전의 가장 마지막 단계였다. 빅맨은 그때까지 다른 동료들과 함께 괴수의 시선을 끄는 일을 해줄 것이다.

"살아 있는 인간을 미끼로 쓸 수는 없으니까요. 그것도 꽤나 긴 시간 동안 말입니다."

나는 변명하듯 말했다. 그러자 빅터가 어깨를 으쓱이며 몸을 돌렸다.

"그럼 해 뜰 때까지 이 짓을 계속해야겠군. 그런데 커티스는 어떻게 됐지?"

"뱅가드로 돌아오는 길에 텔레포트 게이트들이 막혀서… 일단 서로 흩어져서 아직 살아 있는 게이트를 찾기로 했습니다. 아무래도 아직 못 찾은 모양이군요."

"덕분에 끔찍한 노역에서 해방되었군. 나중에 한턱 크게 쏘라고 해야겠어."

그러고는 밖에 있는 짐마차를 향해 돌아갔다. 나는 슬슬 빠질 때라고 생각하며 작업에 열중하고 있는 빅맨에게 다가갔다.

"목표는 어디까지 시간 끌기입니다, 빅맨. 어느 정도 버틸수 있을 것 같습니까?"

"그건 내가 흡수할 수 있는 시체가 얼마나 있느냐에 달렸다."

빅맨은 어둠 속에서 검은 눈동자를 번뜩이며 대답했다.

동시에 그가 되살린 시체가 기괴한 소리를 내며 몸을 일으켰다.

꾸드드드드득…….

"…왜 이런 소리가 나는 겁니까?"

"나도 잘 모른다. 사후 경직 때문이 아닐까?"

빅맨은 대수롭지 않게 대답했다.

그러고는 다른 편에 쌓여 있는 또 다른 시체 더미로 다가가 그것들을 흡수하기 시작했다.

시체 흡수.

그것은 빅맨의 저주 스탯을 높일 수 있는 특수한 능력이었다.

동시에 소모된 저주 스탯을 회복시키는 방법이기도 했다. 그는 소모된 저주 스탯을 시체 흡수로 다시 회복한 다음, 또다시 새로운 시체를 스스로 움직일 수 있게 만들었다.

나는 마른침을 삼키며 그를 스캐닝했다.

저주: 132(146)

"저주 스탯 자체는 마지막으로 봤을 때보다 크게 올라가지 않았군요."

아무래도 소모된 스탯을 회복시키는 용도로 쓰면 최대치가 오르지 않는 모양이다. 빅맨은 고개를 끄덕이며 스탯이 꽉 찰 때까지 시체를 흡수했다.

"그래도 조금씩 강해지는 게 느껴진다. 그리고 시작한 지 얼마 안 됐으니까."

그러고는 또다시 새로운 시체를 일으켜 세우며 말했다.

"해 뜨기 전에 운동장을 꽉 채울 수 있을 거다. 시체가 부족하지 않다면."

"수습한 시체 중에 당장 연고가 없는 시체는 몽땅 이쪽으로 옮겨질 겁니다. 뱅가드에서만 사망자가 3만 명이 넘는다고 하니… 부족할 일은 없겠죠."

"그런데 저걸 보면 사람들이 기겁하지 않을까?"

빅맨은 새로 만든 시체를 운동장으로 보내며 물었다. 나는 고개를 저으며 대답했다.

"이 근처는 물론이고, 내일 작전이 펼쳐질 내곽 도시 인근은 이미 대피가 끝났습니다. 걱정 말고 확실하게 시간을 끌어주시길 바랍니다."

"…알겠다."

빅맨은 고개를 끄덕였다. 나는 그에게 너무 큰 짐을 짊어준 것 같아 불안함을 느꼈다.

하지만 어쩔 수 없었다.

당장 우리가 처한 상황을 해결하기 위해선 누군가 정상의 범주에서 벗어난 고난을 치르는 수밖에 없다.

그리고 그 고난의 핵심은 바로 나였다.

과연 나는 내일 하루를 버텨낼 수 있을까?

그리고 그다음 날은?

어쩌면 그다음 날도?

『리턴 마스터』 7권에 계속…